ACRO
POLIS
衛城
出版

ACRO
POLIS
衛城
出版

Peste & Choléra

by Patrick Deville

瘟疫與霍亂

派翠克・德維爾 著
林韋君 譯

目次

推薦序

為性格特出的細菌獵人造像

李尚仁（中央研究院歷史語言研究所副研究員）

這本歷史小說的主角是微生物學家葉森醫師（Alexandre Yersin, 1863—1943）。臺灣絕大多數人並不熟悉他的名字，但情況不應該如此：葉森發現了鼠疫的細菌，這種細菌後來還以他的名字命名。一八九四年他於香港做出此一重大發現，其銅像還穩穩地立在香港醫學博物館前。大多數歷史學者認為，造成歐洲重大災難、後世稱為黑死病的瘟疫（plague），就是今天的鼠疫。瘟疫在公元一三四七年至一三五〇年間首度降臨歐洲，據估計造成歐洲四分之一到二分之一的人口死亡（在那個沒有詳細人口統計的時代，很難精確估算死亡人數）。之後，瘟疫一直侵擾歐洲，每隔數十年就侵害英國與義大利，而在法國則一直沒有完全消失。瘟疫的死亡率高、致死速度快，讓人為之色變，也因此在歐洲的文學、藝術、宗教與民俗中留下深刻而難以磨滅的印記。*

葉森發現如此重大疾病的病因，而且還研發預防與治療的抗毒血清，照理說應該成為家喻戶曉的醫學史名人，怎會聲名如此不響亮？這也許和他特殊的個性與事業生涯有關。葉森出身瑞士沃洲（Vaud Canton）的法語裔族群，先後在瑞士洛桑、德國馬堡（1884）以及巴黎（1885—86）習醫。在偉大的微生物學家路易・巴斯德（Louis Pasteur, 1822—95）得力助手愛米爾・胡（Émile Roux, 1853—1933）的引介下，葉森於一八八七年加入巴黎的巴斯德研究院，並且於一八八九年奉派前往柏林修習巴斯德學派的主要對手、德國細菌學大師科霍（Robert Koch, 1843—1910）的課程，返國後他歸化法國國籍，和胡一起研究傷寒桿菌。接著葉森做了一個出人意表的決定：他離開巴斯德研究院，前往印度支那，在那邊擔任船醫（1891—93），並且往中南半島內地探險，探索大叻附近的高原。但他沒有離開法國醫學建制太久，一八九二年他加入了官方的法國殖民醫療勤務。一八九四年鼠疫在香港爆發，若非法國在越南的殖民當局派葉森前往調查研究，他也沒有機會達成其偉大的科學發現。†

葉森如此多采多姿的一生，確實是小說的好題材。除了早年的探險調查之外，葉森的鼠疫研究構成本書重要部分，這點並不令人意外。以瘟疫為主題的小說，其用意通常不只在於描寫疫病的生物學性質或其可怕之處。正如醫學史學者羅森保（Charles Rosenberg）所說：「嚴重的疫病帶給人群極大的緊張與壓力，常會讓社會中原本隱藏在平和表面下的矛盾爆發成公開的衝突。」例如，歐洲中世紀瘟疫來臨時，部分歐洲人將疫情歸咎於異教異族的猶太人，在不少地方出現攻擊、殺害猶太人、侵奪其財產的暴力事件。歷史上類似的大小事例可說層出不窮。事實上，在疾病發生時，家庭關係、個人的人際關係與心境都會受到劇烈衝擊。榮獲諾貝爾文學獎的葡萄牙作家薩拉馬戈（José Saramago, 1922—2010），其小說《盲目》以及後來改編而成的電影《盲流感》，就處理這樣的題材。

然而，描寫對抗瘟疫的醫師，尤其將之塑造成孤獨而有真知灼見的英雄，也有其風險。因為一不小心就會落入偶像崇拜乃至民族英雄塑造的窠臼。例如，遲子健以滿洲鼠疫為主題的小說《白雪烏鴉》，對白有趣有力，情節轉折常出人意外。書中多數人物的刻畫鮮明而不落俗套，唯一明顯的例外是故事進行到一半才出場的主角伍連德，他因為成功對抗這場鼠疫而留名中國醫學史。雖然作者在後記說他不想把伍寫成英雄，但他還是這麼做了。例如書中描寫他和俄國醫院院長見面時：「伍連德握住他手的那一瞬，從他手的力度上，判斷出這是個富有主見，不乏驕傲之氣的人。」這種對於醫師洞察力的描述，只能說是落入描寫醫師的文學俗套。其原型至少可以追溯到大偵探福爾摩斯這個角色，福爾摩斯是由具有醫學學位的英國小說家柯南·道爾（Arthur Conan Doyle, 1859—1930）所創造。柯南·道爾的靈感之一，是在愛丁堡習醫時的老師貝爾（Joseph Bell, 1837—1911），他是一位以敏銳診斷能力著稱的醫師。至於描寫不太會講中文的伍氏如何熱愛中國文化，乃至在前往滿洲之前，就想詢問韓國志士安重根究竟在車站哪根柱子前開槍射殺伊藤博文，以便前往憑弔一番；在面對法國天主教會牧師抗拒檢疫時不畏外國強權的堅決；打算沒有朝廷允可也要拚著被殺頭的風險焚屍消毒……。所有這些，不只把伍連德寫成了民族英雄，幾乎也把他寫成「醫學雷鋒」。

從這個角度來看，本書對葉森的描述有何特色呢？第一個可以注意到的是，作者對葉森獨特的性格著墨甚多。這點不令人意外，畢竟一位科學事業剛起步、前程遠景一片大好的年輕人，會放棄母國科學中心的機會，前往遠方異國擔任地位和研究機會都遠遠不如的船醫，似乎證明葉森確實是個性格奇特與想法古怪的人物。這本小說也一再描繪這點，甚至還以刻意反駁而欲蓋彌彰的方式數度提到關於葉森性生活的流言蜚語。此外也不厭其煩地描繪葉森一生多次投身表面看來似乎瑣碎、脫離常軌乃至有些荒誕的活動，如探險、民族誌研究、移植橡膠樹與金雞納樹到越南、養蘭養雞（包括將瑞士與越南的雞種混交）、天象觀察等等。

離群索居不在乎俗世價值的孤獨天才，為了追求自我實現乃至一時的靈感與意念，絲毫不顧凡俗的現實考量……如此描繪科學家其實是西方傳記書寫與文學創作常見的慣例，科學家常被形容為不計名利、不在乎日常生活小節，尤其是不在乎飲食衣著，在研究工作中經常忘了吃飯更衣等。牛頓把懷錶當雞蛋煮的軼事，就是最典型的代表，而西方人像繪畫傳統中的科學家與（精於診斷的）醫師的畫像，個個都是仙風道骨。[‡]即便在現實生活中，偉大的科學家很少不計名利，也不一定都是瘦子。葉森固然性格特殊，也走了一條較為曲折的事業之路，但他本人不見得如書末文字所形容那樣「排斥社會的羈絆，過著隱居的生活，他是一隻熊，一個野蠻人，一位前所有未有的天才，一名才華洋溢的怪人」。畢竟後來當上法國總統的越南總督杜梅（Paul Doumer, 1857—1932），不太可能會找隻熊來創辦河內的法國醫學校，並在一九〇二年至一九〇四年間任命其擔任校長；一個野蠻人也不會從一九〇四年起就擔任芽莊的巴斯德研究院院長，並且在一九三四年起擔任巴黎巴斯德研究院的科學委員會委員與榮譽院長。

十九世紀以來殖民醫師從事旅行探險，進行人類學研究，其實相當常見；將動植物移植到不同地域加以培育，更是殖民科學研究的大宗。探討在不同氣候風土下如何養殖動植物，以及探討白種人如何適應熱帶氣候的衛生起居之道，其實都是廣義的「風土馴化」（acclimatization）研究。[§]身為印度支那法國殖民醫師的葉森會從事這類活動，其實一點也不奇怪。

科霍學派與巴斯德學派（本書稱為「巴斯德幫」）的抗衡較勁，這段醫學史中為人所津津樂道的學術競賽，是本書另一條敘述軸線。這場恩怨始於兩位創派祖師爺在科學上的競爭，而法德之間的戰爭又讓這場學術較勁染上國族主義的對立色彩：巴斯德在普法戰爭之後，甚至將德國大學頒給他的榮譽學位退回。雖然巴斯德成名較早、在疫苗研發上的貢獻也較高，但眾所矚目尋找霍亂病因的這場比賽，科霍學派卻占了上風。源自印度的霍亂在十九世紀因為英國在印度的殖民戰爭而對外傳播，於一八三一年至一八三二年間首度抵達巴黎、倫敦、紐約等歐美重要城市；加上工業革命後歐洲都市化出現許多衛生不良的貧民社區，造成大量罹病與死亡。霍亂致死率高、傳播方式成謎，引起歐洲社會相當大的恐慌，被視為是新的瘟疫，也是醫學研究的一大挑戰。一八八三年埃及亞歷山大港發生霍亂，巴斯德與科霍都派出團隊前往調查研究，結果巴斯德的團隊成員不幸罹病死亡，而科霍則隨後轉往印度持續研究，並成功發現霍亂弧菌。本書對此著墨不多，只有在書末稍微提及，但書名中的霍亂顯然指涉到這段歷史。葉森與科霍的弟子北里柴三郎（1853—1931）在香港研究鼠疫，被視為兩個學派競爭的延續；葉森成功發現鼠疫桿菌，並且得到國際學界承認而在一九五四年用葉森的名字將此菌命名為*Yersinia pestis*，則被認為是由巴斯德學派扳回一城。

比較可惜的是，本書作者對這段歷史的描述仍不免受到法國中心觀點的影響。北里柴三郎被形容得像是個傲慢、無禮又無能的人物。其實北里是一位成就很高的細菌學家，之前就已成功純化培養出破傷風菌，並研發出其抗毒血清。北里比葉森稍早幾天宣布發現鼠疫桿菌，兩人的觀察描述大同小異。北里敗在其報告某些不一致之處，其中致命傷是他無法確定所觀察的細菌是格蘭氏陽性或陰性，葉森的報告則明確指出是格蘭氏陰性（Gram-negative）。此外，小說一再提到葉森的白喉研究，但發現白喉毒素的科學家卻是科霍的弟子羅福樂（Friedrich Loeffler, 1852—1915），而北里柴三郎更對白喉抗毒血清的研發有所貢獻。

當然，小說不是歷史或傳記，翔實描述這些史實也不是這本書的旨趣。這本小說由葉森的許多片段剪影構成，豐富地穿插他每個生命階段同時之政治、文化與文學的事件和人物，試圖呈現世紀末到二次大戰這段舊歐洲消逝、新歐洲痛苦誕生的極端年代，在此背景前塑造葉森獨特的形象。本書寫作緻密、引用典故甚多，敘事時空跳躍，然而讀者若能細細爬梳品味，自能感受到其中涉及豐富歷史文化所帶來的閱讀趣味。

---

* 參見瓦丁頓（Keir Waddington）《歐洲醫療五百年》（左岸文化）第二章對瘟疫史的精采綜述。

† 此處以及下文對於葉森生平經歷的敘述，主要參考Myron Echenberg, "Yersin, Alexandre" in W. F. Bynum and Helen

Bynum (ed.), Dictionary of Medical Biography (Greenwood Press, 2007), pp.1335-1336.

‡ Christopher Lawrence and Steven Shapin (eds.), *Science Incarnate: Historical Embodiments of Natural Knowledge* (University Press of Chicago, 1998).

§ 法國風土馴化研究的科學史可參考Michael A. Osborne, *Nature, the Exotic and the Science of French Colonialism* (Indiana University Press, 1994).

在招搖撞騙的時代入口，
啊！是的，成了傳奇！

拉佛格（Laforgue）

最後的航程

大拇指帶有裂痕、布滿黑點的蒼蒼老手掀開薄紗窗簾，一夜輾轉難眠後，黎明透著鮮紅，如輝煌的銅鈸。在這棟雪白及白金色的旅館房間，遠處光線灑在巴黎鐵塔的鐵格子上，薄霧繚繞。鐵塔下方是布希可小公園中鮮綠的樹叢。在這戰火蔓延的春天裡，這個被逃難者占據的城市倒顯得相當安靜，他們原本以為可以安安穩穩地在這裡過一輩子。蒼老的手放開門上的長插銷，握緊行李提把。走下六層樓，葉森穿過黃銅及上漆木頭打造的旋轉門，穿著制服的門房為他關上計程車車門。葉森不是計劃好要逃走，他從來沒有逃跑的念頭。只是剛好幾個月前，他在西貢的旅行社就已經預定了這趟航程。

一位幾乎禿了頭的男子，白鬍子藍眼睛，穿著一件鄉紳式外套，搭配著米色長褲與開領白襯衫。布傑機場大廳的門窗正對著飛機跑道，跑道上停了一架水上飛機，這小白鯨的肚子可以容納十二名乘客。工作人員將客梯推到機體左邊緊靠著，因為包括葉森在內的最早的飛行員，就如同中古騎士上馬一樣要從左側登機，葉森準備回去找他的安南小馬兒。幾名逃難者坐在候機室的凳子上，他們的行李底端放了晚宴用的襯衫及洋裝，下面藏著成疊的鈔票及金條。德軍就快攻破巴黎大門了。這些人有錢到不需要依附敵人，他們緊盯著時鐘及腕上的手錶。

只要一輛德軍的運輸邊摩托車，就可能讓小白鯨牢牢釘在地上，動彈不得。時間一分一秒地過去。葉森不理會身旁焦慮的談話聲，自顧自地在筆記本上記下一兩句話。機翼交接處的駕駛座上方，螺旋槳開始轉動了。他穿過柏油路，逃難的人推擠他，逼得他只好跑起步來。大家都就位了，他們於是用小梯子讓他登機。這是一九四〇年五月的最後一天。熱氣讓跑道上的一灘水濛濛起舞，飛機開始震動向前急衝。難民偺了偺額頭上的汗水，沒人料到，這竟會是多年前法國航空公司最後一次的飛行任務。

這也是葉森的最後一趟航程。從此他再也沒回到巴黎，也不曾再回到路特西亞六樓的房間。看著伯斯路上大批的逃難者，葉森似乎早有預感不會再回來。腳踏車及馬車上堆著成疊的家具及床墊，卡車夾雜在人群中緩慢前進。春天的大雷雨淋濕了一切，一群小蟲子瘋狂地避開人群的腳步。與葉森同住在路特西亞的鄰居全都退房了，戴著夾鼻眼鏡、高高瘦瘦的喬伊斯穿著三件式西裝抵達了阿列省，馬蒂斯在抵達波爾多後，也到聖讓得盧斯市去了。飛機朝馬賽繼續飛行。法國受到法西斯主義及佛朗哥派的箝制正陷於困境，而北邊的蠍子高舉尾巴準備展開致命的一擊，棕色禍患*來臨。

葉森瞭解兩種語言、兩國文化，德文和法文，以及它們的陳年舊帳。他也精通瘟疫，甚至還以他命名。定居亞洲四十六年了，就在一九四〇年五月的最後一天，葉森在暴風雨中最後一次飛越法國上空。

葉森桿菌（鼠疫桿菌，*Yersinia pestis*）。

---

* 棕色禍患指第二次世界大戰的納粹主義，以納粹分子棕色的制服命名，並將納粹主義當作政治上的一種傳染病。
（編輯說明：本書注釋皆為譯注與編注）

昆蟲

老人翻了翻記事本，接著就在嘈雜的人聲中昏昏沉沉地半睡半醒，好幾天來他都難以成眠。旅館裡湧進戴著黃色臂章的防護團志工，他們在夜裡警戒著。幾張椅子擺在地下室的防空洞裡，酒架深處酒瓶橫臥。老人緊閉眼皮，眼前浮現陽光在海上嬉戲的景象、法妮的面孔、一對年輕夫妻從普羅旺斯沿路到馬賽的昆蟲捕捉之旅。要講兒子的故事前，怎能不提老子呢？父親的故事很短，而且兒子從未聽聞。

莫爾日座落於瑞士沃洲的一個小角落。葉森的家庭就如同其他鄰居一樣，並未面臨物資匱乏的窘境，但他們還是謹守儉樸的生活。對他們而言，一塊錢也是錢。母親若淘汰裙子，就轉送給女僕物盡其用。葉森的父親在日內瓦透過家教以及密集的學習，取得中學教師的資格，並且成為一位熱愛植物及昆蟲的老師。不過，為了掙得更多麵包，他也在火藥工廠擔任行政人員。他穿著學者身上常見的黑色長襬束腰西裝上衣，頭戴高帽子。他對鞘翅目的小蟲子如數家珍，對直翅目及蝗蟲類的昆蟲更是瞭若指掌。

他把蝗蟲及蟋蟀畫下來，弄死牠們，再把翅膀及觸角分解放在顯微鏡下觀察，最後再將完成的論文送到沃洲的自然科學協會，甚至是法國昆蟲協會。而身為火藥廠總管的他，在火藥方面也不是一事無成。他一方面鑽研野生蟋蟀的神經系統，另一方面也研究火藥廠的現代化。他的額頭壓死了最後一隻蟋蟀，痙攣的手臂翻倒一只寬口瓶。亞歷山大．葉森死於三十八歲。一隻綠色的聖甲蟲爬過他的臉頰，一隻蚱蜢躲在他的髮間伺機而動，一隻馬鈴薯甲蟲則鑽進他張開的嘴巴裡。他年輕的妻子法妮肚裡正懷著孩子，這位總管的寡婦就這樣被迫搬離火藥廠。喪禮的悼念儀式結束後，孩子就在一袋袋打包的衣服及一疊疊的餐具當中出生。孩子也叫做亞歷山大，以亡夫的名字為兒子命名。

在純淨冷冽的湖邊，亞歷山大的母親在莫爾日買下了無花果莊園，並且改裝成年輕女孩的學校。法妮是個高雅而且進退得宜的女人。她教這些年輕女孩應對進退的禮儀、做菜的技巧，還傳授一些繪畫和音樂方面的知識。兒子亞歷山大分不清楚藝術及休閒文藝的差別，一輩子都鄙夷這些活動。繪畫、文學這些無關緊要的小事，在他看來都毫無意義，他甚至在信裡稱這些女孩為「醜八怪」。

你可以想像這麼一個野孩子，四處設下捕捉動物的陷阱、掏空鳥窩、在放大鏡底下引燃火焰，回家時渾身上下都是泥巴，像是打了一場野戰，或彷彿從熱帶雨林探險歸來。這孩子總是孤伶伶一個人，自己玩風箏、自己在田野間嬉戲或到湖裡游泳。他把捉來的昆蟲先畫下來，接著再用一根針，穿透昆蟲的身體，固定在紙板上，神聖的儀式彷彿讓死去的蟲子獲得重生。就像部落中的戰士傳授給下一代的矛與盾，他從閣樓的箱子挖出前人的遺物，繼承了父親的顯微鏡和手術刀。這是小亞歷山大．葉森，也是第二位昆蟲學家。他父親的收藏都保存在日內瓦博物館。小葉森的人生也許會像他的父親一樣，投注於嚴肅刻苦的研究上，直到腦血管爆裂。

幾代以來，除了虐待昆蟲之外，沃洲的消遣活動實在很有限。消遣這個概念是否真實存在也頗令人懷疑，當地人認為活著是為了贖罪。葉森一家的生活深受自由福音教會影響，福音教會來自於沃洲基督教的洛桑分會，他們拒絕政府資助牧師的薪資及教堂的費用。在教會物資匱乏及嚴厲的教規約束下，教友只好咬緊牙關支付傳教士的一切生活所需。要是遇上食量驚人的牧師，教友的負擔更是沉重。為了取悅上帝，牧師的數量瘋狂增加，龐大的教會家庭成員在鳥巢嗷嗷待哺。媽媽不再有穿到破舊的裙子可以給女僕，因為虔誠的信徒要披上如托加一樣的外袍，以表示他們的傑出與廉潔。他們是最純潔、物質需求最低的一群，是基督徒當中最高貴的一群。

在星期天一片凝結成藍色的冷傲氣氛中長大，年輕的葉森對財物可說抱持著輕率和鄙夷的態度。品學優良的小學生因為生活太過無聊而成為用功的年輕人。唯一能成為無花果莊園的座上賓，踏進充滿花卉擺飾小客廳的男人，就只有法妮那些醫生朋友。現在，亞歷山大必須在法國與德國，以及兩國的頂尖大學間做出抉擇：到底該到萊茵河東邊，聆聽穿著膠領黑西裝的學者講授法律、神學及科學？或是到巴黎穿上白袍，在病人枕邊接受臨床醫學訓練，亦即蘭尼克（Laennec）所創立的臨床醫學師徒制。

葉森原本傾向前往柏林，但因為母親及其朋友的緣故，他最後選擇了馬堡，那個屬於外省的馬堡。法妮替兒子在一位受人尊敬的教授家裡租了個房間，這位教授在大學授課、才學出眾，他同時也是一位教友。葉森的夢想很孩子氣，他想要遠離女人的圈子，只得先順從母親的安排。從此葉森展開長期與母親通信的習慣，一直到她離開人世為止。「等我當上醫生，我就把妳接來，我們一起到法國南部或義大利定居好嗎？」

法文成為一種祕密語言，屬於母親的、珍貴的、夜晚的語言，在寫給法妮的信中持續流轉。

二十歲的他，就此開始用德語過日子。

柏林

葉森首先得在這兒度過漫長的一年。在一封七月撰寫的書信中，他這樣記錄德國的生活：「馬堡果然不是個陽光普照的地方，天氣總是冷颼颼的，陰雨綿綿。」博士班的課程跟天氣一樣令他失望。葉森的性格篤實、注重實際經驗，他是一個要親眼看見、觸摸、操控、親手製作風箏的人，馬堡的權威人士卻是以鈔票上那種嚴峻的面容迎接葉森。美國人替這種面孔取了個名詞：已逝的歐洲男性白人（dwem）。* 那些蓄著山羊鬍、帶著夾鼻眼鏡，地位崇高且博學多聞的白人老學究。

馬堡有四間大學、一座戲院、一座植物園、一間法院及一間醫院，都座落於黑森蘭格洛夫城堡下方。一位查訪員、一個來自未來的鬼魂，帶著他那鼴鼠皮套的記事簿，來到了儲森旅館。他一路走著上坡路以尋找年輕主角的足跡，往下眺望拉恩河，不難發現頂著灰色低沉天空的高大木筋牆石屋，就矗立在這座平靜的文化之島的中心，深處有些難以言喻的東西令這位有著嚴肅藍眼睛、初蓄鬍鬚的年輕人感到厭煩。

鬼魂像是穿越時空一般地穿越城牆，木筋牆後面是陰暗的家具、陰沉的沙發皮套，有座書架，上面豎立著精裝書。棕黑色的佛蘭德斯式桌子，夜晚金黃色的燈光伴隨著嘟噥的感恩祈福聲和寂靜的晚餐。鐘擺不斷反射出影子，推動稍高處的齒輪凹口發出撞擊聲。市政廳的山形牆上，大家都不知道，死神每小時都將沙漏翻轉過來，現在即永恆。轉變中的世界或許進步依然有限。在這達到顛峰的文明中，也許有些枝節的問題尚待解決，像是醫藥領域，毫無疑問地將日臻完善。

韋剛教授（Julius Wilhelm Wigand）是一位哲學博士，同時也是藥學研究院的院長、植物園園長，他站立在桌邊，彷如一尊莊嚴靜默的朱彼特。晚上他在辦公室接待這位沃洲的年輕人。他像父親一樣關心葉森，希望引導這位年輕人提升學術成就，避免誤入歧途。為此，他責怪葉森時常跟猶太裔的史丹伯格混在一起。韋剛建議他加入學生幫聯會。葉森坐在教授對面的椅子上，靦腆的他從來都沒有父親，他也早就習慣了。

就讀醫學、法律、植物學或神學的馬堡學生有個共通點，他們之中有九成都加入學生幫聯會。在經過入會儀式、宣示誓詞後，就可以參加每晚的活動，例如在掛滿徽章的小酒館捉對廝殺。他們會用圍巾保護脖子、穿戴護胸，從劍鞘拔出劍來，只要一見血就立刻終止競技。學生從中建立恆久的友誼，他們甚至會像展示制服的徽章一般，誇耀身體上的傷疤。不過，因為大學法限制了猶太人的入會人數，所以有一成同學被擋在門外。

這位身著黑衣的年輕人沒加入學生幫聯會，而是選擇平靜的生活，把時間花在課業、在鄉間漫步或與史丹伯格切磋討論。解剖課及臨床課程都只在大教室進行，但這兩名學生卻渴望瞭解醫院的臨床實例，親身參與解剖，見識實際的狀況。終於，葉森有機會來到柏林了，一星期內，他在那兒見習了兩場髖骨切除手術，這種手術在馬堡一年恐怕只會遇上一次。他終於踏進大城市，這年柏林的旅館擠滿了外交官及探險家，柏林搖身一變成為世界大城。

在柏林西非會議中，所有殖民國在俾斯麥的引領下，聚集在世界地圖前瓜分非洲。傳奇的探險家史丹利，他在十四年前尋獲李文斯頓，並成為剛果所有者——代表比利時國王來參加會議。葉森在報導中讀到了李文斯頓的生平，這位英國籍的探險家、傳教士、行動派的博學之士、贊比西河的發現者、同時也是醫師，他在中部非洲未知的土地迷途失所好幾年。當史丹利找到他時，他卻選擇留在當地終老一生。

有一天，葉森也會成為另一個李文斯頓。

在一封給法妮的信中，他這麼寫著。

德國就像法國與英國，用軍刀及機關槍建鑿出一個殖民帝國，殖民了喀麥隆、現在的納米比亞、坦尚尼亞直到桑吉巴一帶。柏林西非會議那年，《俾斯麥的夢想》（*Rêve de Bismarck*）的作者韓波用駱駝運送了兩千枝槍械、六萬枚子彈給阿比西尼亞的梅內里克國王。這位曾經是詩人的法國軍火商發動法國的國際影響力，抵制在戈登領導下，埃及人和英國人的侵略野心。「他們那戈登是個白癡，他們的沃斯里是頭驢子，他們的所做所為是搶劫、荒謬、精神失常下的結果。」他認同吉布地港的第一戰略地位，就像波特萊爾所描寫的撒哈拉沙漠一樣，他也編擬了一份開發報告給法國地理學會，並將地理政治方面的文章寄到《土耳其埃及報》，他的文章在德國、奧地利及義大利獲得迴響。他提到戰爭的傷害：「阿比西尼亞人在短短幾個月就消耗掉埃及人留下的、足以應付好幾年的儲備糧食，饑荒和瘟疫的危機迫在眉睫。」

一種蟲子正在傳播瘟疫，跳蚤闖禍，只是大家都不知道。

到了柏林，葉森還造訪耶拿。他在卡爾．蔡司公司買了一臺性能最好的顯微鏡。這臺顯微鏡從此再也沒有離開過葉森，一直放在他的行李中，隨著他悠遊世界。十年後，葉森就用它發現了傳播瘟疫的鼠疫桿菌。卡爾．蔡司與史賓諾莎一樣，認為清潔鏡片有助於思考，更能接近烏托邦的世界。史丹伯格說，史賓諾莎也是猶太人。兩名馬堡的新生輪流傾身觀看全新的顯微鏡，移動鏡上的滾輪支架，觀察蜻蜓翅膀上的幾何圖形。此外，葉森也看到被打破的窗戶、拳打腳踢的場面，見識到激烈的反猶太活動。或許兩位同學的談話中，也悄悄提到「瘟疫」這個詞。

沒得過瘟疫和痲瘋病的人，很容易將兩者搞混。中世紀的大瘟疫——黑死病造成兩千五百萬人死亡，人口統計學中不得不記上這一筆，一半的歐洲人染病身亡，沒有任何戰爭造成如此嚴重的死亡。人們認為大規模的災禍是超自然現象，來自上帝的怒火或是懲罰。瑞士人也並非一向是寬容而節制的敦厚信徒，五世紀前，居住在湖邊的維爾勒丹人就曾控訴猶太人汙染井水散播傳染病，而將猶太人活活燒死。五世紀後，也許民智未開的情況改善了，但仇恨依舊存在，人們對瘟疫的認識毫無進展，依然不清楚瘟疫如何發生、如何造成死亡、又如何消失不見。或許有一天，兩名同學會將科學當作信仰，信仰進步觀。治療瘟疫可以一箭雙鵰，史丹伯格說。葉森對史丹伯格說，他要去巴黎了。

明年，他就要到巴黎繼續求學。在柏林西非會議召開、韓波尾隨駱駝在沙漠石礫中步行得精疲力竭的那年，路易・巴斯德解救了一位孩子，名叫約瑟夫・梅斯特（Joseph Meister）。他用疫苗治療狂犬病，為狂犬病患開啟一扇大門。很快的，在瘟疫與霍亂間，再也沒有選擇的問題，只有治療的問題。葉森擁有雙語優勢，而史丹伯格也許會步上葉森的腳步，選擇柏林或巴黎，就像選擇卡律布狄斯或司庫拉[†]一樣。史丹伯格也許不是喜好贅言贅語的人，反而比較像是思慮清明的悲觀主義者。十年後，在德雷福斯[‡]事件發生時，整張請願名單上都找不到葉森的名字。一點都沒錯，歐洲這些討厭的人、事很快就會讓你喜歡上另一個世界，在案件宣判時，葉森不是在芽莊，就是在香港。

* DWEM是已逝歐洲男性白人的英文縮寫，原文為Dead White European Male，通常見於討論過往歐洲白人男性在學術與思想上的影響的主題。

† 卡律布狄斯（Charybde）為希臘神話中的大漩渦，會將經過的一切捲入殆盡，司庫拉（Scylla）則為希臘神話中會吞噬水手的女妖。

‡ 德雷福斯事件（Dreyfus）發生於十九世紀末法國第三共和時期，是法國將軍設計陷害法軍中一名猶太軍官的一件政治醜聞。

巴黎

當葉森探索另一座大城市時，他特別注意到反德意志主義的氣氛。比起尖頂帽及巴伐利亞的曲子，他更喜歡在巴黎戴上奇怪的瑞士帽哼著約德爾調。

十五年來，法國的領土愈來愈小，始終無法越過色當。被截去阿爾薩斯及洛林地區後，法國復仇似地攻占了廣大的海外殖民地，領土面積甚至比德國更寬廣。從加勒比群島到玻里尼西亞群島，從非洲到亞洲：不讓英國的聯合傑克艦艏旗專美於前，夕陽也不曾落在法國的三色旗上。同年，巴維（Auguste Pavie）*，這名寮國探險專家遇上了剛果探險家布哈札。他們在巴黎莫札欽街的小乳牛餐廳相遇，在那兒也常可見到在撒哈拉沙漠探險的那一幫人。法國海軍兩年前占領了交趾支那，亦即安南保護國的各省以及越南的東京。[†]葉森一邊讀著這些故事，一邊瀏覽地圖，這些人物自然都不會在馬堡飽食終日度過一生。他確信自己的選擇，他必須在這兒生活。

在歷史上，這也許是巴黎最後一次成為現代化的大都市。許多工程都在奧斯曼的翻新政策下完工，人們正在規劃一條地鐵路線。「我走進羅浮宮，今天我要參觀埃及的古文物」，葉森在樂朋馬歇百貨公司的沙龍讀著報紙。百貨公司的持有人——布希可家族——將於二十五年後，在對面建造路特西亞飯店。在他人生最後幾年，葉森每年都習慣飛越地球，在那兒消磨好幾個星期，他總是待在六樓的最邊間，距離他學生時期的第一個住所只有幾百公尺；當年他住在女士街上一間簡陋房子的閣樓，寫信給法妮時還得彎著脖子，從那兒可以看見聖許畢斯教堂的高塔。

巴斯德在兌門街成功研發出第二劑治療狂犬病的疫苗。繼阿爾薩斯的小約瑟夫．梅斯特之後，第二名病患來自朱哈，名叫讓巴蒂士德．朱比爾。不久，病人從四面八方蜂擁而至。當時，在冰天雪地的鄉下地方、狼群出沒的森林中，不論是法國或是俄國，治療狂犬病的常見方式就是將發作的動物綑綁起來，在還沒被牠們咬傷前將牠們活活悶死。微生物學開啟了新領域，在兌門街也可以像在撒哈拉沙漠斜丘一般會有奇遇。這位二十二歲的外國年輕人坐在報紙前，仰賴母親的資助生活，他跟其他男人一樣蓄著短鬍子，穿著深色西裝外套，在廉價的小酒館吃晚餐。在哪兒，工人杯杯見底喝個精光，每喝一杯德國佬就少喝一杯，小酒館的老闆如果留一桶酒給德國佬，就是笨蛋。「我看過工人和一個原籍德國的人吵得不可開交，我想他是因為講了家鄉話而惹禍上身，他幾乎被痛毆了一頓。」

當時葉森的經濟十分拮据。他選修了柯尼爾（Cornil）教授首次開設的細菌學，這是一門新興的學科。終其一生，葉森都選擇朝著最新穎、最現代的選項前進。

幾個月內，為數眾多的病患到巴斯德那兒施打疫苗。一八八六年一月，一千名施打疫苗的病患中，有六人死亡，其中四名是遭狼咬傷、兩名遭到狗吻。七月時則達到兩千名成功的案例，不到十名病患死亡。屍體送到上帝醫院的停屍間，柯尼爾教授叫葉森負責解剖。卡爾．蔡司的顯微鏡確定了判決：在觀察脊椎的骨髓後，確認疫苗並無毒害，而是這些死亡的病患太晚接受治療了。葉森將結果交給巴斯德的助手愛米爾．胡（Émile Roux）。在上帝醫院，兩名孤兒身穿白袍在狂犬病患的停屍間相遇，隨後他們的人生將掀起巨大波瀾。

莫爾日的孤兒和康佛藍的孤兒。

胡將葉森引介給巴斯德，年輕靦腆的葉森大開眼界，他見識到這地方和巴斯德教授，在寫給法妮的信中，他描述：「巴斯德先生的工作室小而方正，有兩扇大窗，有張桌子靠近其中一扇窗，上面擺了一些裝著疫苗的高腳杯。」

葉森不久就搬到了兌門街，住在工作室旁邊。每天早上，庭院內迫不及待的狂犬病患大排長龍。巴斯德負責診斷，胡和孔雪（Grancher）負責接種，葉森準備疫苗。葉森得到一份給薪的工作，雖然薪資微薄，但從今以後，他再也不用靠任何人生活了。莫爾日的孤兒和康佛藍的孤兒遇到了來自朱哈地區待人嚴厲的學者型父親。穿著黑色西裝的男人，有著偉大的聖經味道的名字[‡]，他將引領羊群朝牧場前進，引領靈魂朝向救贖的道路。

巴斯德雖然病了，但他仍然繼續從事高等師範學校的行政工作，而且還在科學研究院發表演講。可能的話，他想建立一個疫苗接種機構，專門對抗狂犬病。市政府提供一棟磚破木搖的三層樓房暫時供他使用，這棟房子位於沃格林街，巴斯德的小幫派就在此安頓下來，開始過團體生活。庭院中有馬廄、狗窩及疫苗接種室。小幫派擅自占據了樓上的房間，胡、羅何（Loir）、孔雪、維亞拉（Viala）、瓦瑟朱格（Wasserzug）、梅契尼可夫（Metchnikoff）、哈佛欽（Haffkine）和葉森。每當因為口音，而被叫成哈佛欽時，葉森總是疑心疑鬼、眉頭深鎖。每天早晨，他離開住處到聖父街上醫學課程，中午在季呂薩克街的小歇處用餐。他選擇白喉與肺結核做為論文題目，當時肺結核還在詩作中被喻為天才的肺癆。他在兒童醫院進行臨床觀察，在腫脹的喉嚨深處抽取檢體，提取出黏膜，試著與白喉的毒素分離，還有，閱讀雜誌中探險家的故事。

法蘭西銀行替巴斯德發起國際募款活動，大量資金於是湧入。俄國的沙皇、巴西皇帝以及伊斯坦堡的蘇丹都匯錢來共襄盛舉，此外還有許多市井小民的捐助，他們的名字每天都在《官方日報》上刊登。老巴斯德瀏覽著一長串名單，當他看到小約瑟夫・梅斯特捐出三塊錢時，他不禁流下了眼淚。他們在巴黎第十五區獲得一塊土地。胡跟葉森每星期都到杜朵街視察工地，然後回到兌門街；下班後則返回巴斯德夫婦的寓所與團隊成員會面，討論各項計畫的進行方式。穿著黑色西裝的老人已經歷了兩次腦中風，說話困難、左手癱瘓、雙腿也軟弱無力了。胡、葉森與建築師共同規劃，在將來的研究院，他們將降低一座樓梯的臺階高度，同時增加階梯數。

老巴斯德的科學研究已告尾聲。接下來將由胡接手，他在一群弟子中最為優秀，因而理所當然地被選為巴斯德的接班人。巴斯德於理論上面臨最終一戰，在經過二十多年來的反對聲浪後，愈來愈多人奇蹟似地自動支持巴斯德。巴斯德主張一切不會無中生有，那麼要如何解釋上帝的存在呢？為何幾世紀以來，沒有人發現這些微生物？為何小孩子會夭折，特別是窮人家的孩子？法妮擔心，巴斯德跟達爾文一樣，主張物種起源和生物演進論，從微生物到人類都循此原理演變，而這些論調都與聖經背道而馳。葉森與整個小幫派面帶微笑地面對爭論，只要他們繼續說明、教導與傳授這些經驗，很快的，一切疑問都將得以釐清。他們怎能想像在一個半世紀之後，地球上仍有一半的人繼續支持創造論呢？

在巴斯德小幫派形成的那幾年，撒哈拉沙漠幫繼續在莫札欽街集會，而帕拿斯幫卻漸漸消失，這三幫人馬曾在同一時間、同一座城市、同樣幾條街並存。溫柔的詩人邦維爾（Banville）還窩在布希街，在韓波離開那兒與魏廉（Verlaine）同住哈辛街之前，他還曾將女傭房借給韓波住。自從天眼通韓波離開後，帕拿斯幫日漸衰退，但他們仍舊常常到他們的小酒館實驗室，在蒸餾瓶底製作其他萬靈丹；安居在帕拿斯派詩人中的多采多姿仙女，現已年華老去，他們在詩作中到處灌入亞歷山大體[§]，不斷重複可疊合的對稱形式，使詩作日漸黯然失色。在這個顯微鏡與針筒成為摩登器材的時代，亞歷山大體逐漸式微，年輕詩人離開詩壇，改行販賣槍械給未來的衣索比亞皇帝，也就是當時的梅內里克國王，帕拿斯派因此大受打擊而宣告瓦解。

至於葉森，他什麼都讀，但僅限於科學或探險方面的文章。在一副玩世不恭的舉止與無所事事的外表下，蘊含著高雅的氣質，他在寧靜與孤寂中工作。夜裡，他將初步取得的微生物加熱沸騰並準備試劑，身邊垂手可得的材料都很引人遐想。終於來到實際的操作階段，像是親手製作風箏一樣。他打開雞籠和老鼠籠抽血、注射，最後神來一筆似地在兔子身上找到一種新型的、還在實驗中的肺結核病菌：稱作傷寒型結核病菌或傷寒桿菌。

穿著黑衣的年輕人帶著實驗結果回到實驗室，將試管遞給胡。也許他是從帽子裡拉出白兔，提著牠的兩隻耳朵放到磁磚實驗臺上。我發現了一樣東西。胡用拇指及食指調整顯微鏡滾輪，他擡起眼轉頭、揚起眉毛看著這名靦腆的學生。「葉森型結核菌」使他登上了醫學教科書，他的名字會在後世的家庭醫師及醫學史學家之間流傳，但是廣大的群眾很快就會忘記他的名字。直到今天，雖然葉森對瘟疫貢獻良多，但大部分的人仍然不太認識他。可憐的結核病兔子咳出血來，在磁磚實驗臺上斷了氣，紅色的鮮血沾染了白色的毛皮。這位殉難者使年輕人初次有機會與胡共同在《巴斯德研究院年鑑》發表論文，當時葉森還沒當上醫生，也還不是法國人。

抵達巴黎三年後，葉森在二十五歲撰寫論文、完成口試，並得到一枚銅牌獎章，他將獎章放進口袋打算送給法妮。早上才宣布成為醫師，晚上他就準備搭火車到德國。巴斯德要他在柏林的衛生研究中心，選修肺結核桿菌發現者——羅貝・科霍（Robert Koch）教授——新開設的微生物技術學。葉森是瑞士人，會說雙語，他去那兒幾乎像是去勘察敵情似的。在他稱之為「大師科霍」的手札中，科霍大肆抨擊巴斯德。葉森修了二十四堂課，把記事簿填得滿滿的，他替巴斯德翻譯科霍進行的計畫，畫出實驗室的地圖、草擬報告。結論是，想要在巴黎超越他並非難事。

他一回到巴黎就發表了第二篇與胡共同掛名的論文。在總統薩地・卡諾（Sadi Carnot）及各國貴賓蒞臨下，未來的巴斯德研究院很快舉行了開幕典禮。那時葉森還是瑞士人，當時法律規定只有具公民身分的醫生才能在法國執業。他迅速採取行動，馬上寫信給法妮。法妮的祖先原本就是法國人，他的文件很快就被核准了。新教徒葉森躲開了宗教上的衝突，而法國接納了浪跡天涯的浪子。

沃格林街上，兩名男子在下午時分，將白袍掛到門廳的掛衣鉤上，換上西裝外套準備去辦一件事。胡陪同他的疫苗準備員來到萬神殿廣場第五區區公所，其實那兒離實驗室只有兩步路。兩人在登記簿上簽了名，區公所職員把墨水吸乾、將證明文件交給他們。他們沒有多餘的時間，不像帕拿斯幫的人還可以到小酒館慶祝一番，兩人回頭取下白袍，重新點燃本生燈的燈嘴，再次拿起相同的桿菌。葉森現在是法國學者了。

* 巴維（Auguste Pavie, 1847—1925），法國探險家及外交官，他曾組成遠征隊，在柬埔寨、越南等地探險，也曾擔任寮國龍坡邦的副領事，後來當上法屬寮國總督。

† 東京（Tonkin）是河內市的舊名，在法國統治下，法國人指越南北部大部分的地區為東京。

‡ pasteur一詞原指牧羊人，後來引伸為引領群眾的權威人士，基督宗教中用來指耶穌基督與神父、主教，以Le bon Pasteur表示善牧者之意。

§ 亞歷山大體（l'alexandrin）為法國十二音節詩。它是以十二個音節為一行的詩體，以每第二個音節為一重音（抑揚格六音步詩行，iambic hexameter），為法國新古典主義的悲劇作家所喜愛。

碰壁

如果他在瑞士定居下來或者成為德國人呢？如果他當初選擇站在科霍那方對抗巴斯德？現在這名持有德意志帝國護照的七十七歲老人又會在哪兒呢？蓄著白鬍子、有著一雙藍眼睛、心情平靜的老人在飛機上打盹。大家都知道天才常常容易受騙，也知道他們往往很天真，這些懷抱善意卻發明出強大破壞性武器的人，只是一心想要解開謎題罷了。如果在這場戰爭一開始時，他就只是柏林的一位退休老醫師，如果他與一位馬堡的女人結婚，今天他的孩子與子孫會在哪裡，穿著什麼樣的制服？

現在我們應該是在隆河上空，在一九四〇年五月的陽光下飛越葡萄園和綠色的葡萄。打零工的人會回來收成葡萄嗎？葉森的處境很危險，他對政治一向不屑一顧，更不去理會大寫歷史中那些狗屁倒灶的事。個人主義者常常就像利他主義者一樣，到了最後會因為太過愛人而憤世嫉俗。

葉森無法克制自己，他隨時隨地都想學習，他打開筆記本，詢問機組員小白鯨建造的金屬問題。法國航空的水上飛機，由李奧黑（Lioré）和奧立維（Olivier）建造，以兩人的名字命名、型號LeO H-242的飛行船正朝馬賽前進，機身由陽極氧化鋁建造而成。陽極氧化鋁是一種新興的材料，葉森思索著能不能在亞洲也用陽極氧化鋁再做出一架。葉森身邊的十一位乘客坐在舒適的高背椅座上，隨意享用各種酒精飲料。

這批有錢的逃亡者、既得利益者和懦夫根據降落的地點隨意選擇了一個風景名勝，將他們的不義之財藏起來。葉森避開混雜的人群假裝專心地寫筆記，他的名字與面孔被認出來了，他是巴斯德幫中唯一倖存的成員。大家都知道他要去西貢，這還得花上八天的時間，若坐船則需要一個月。每趟旅行他都滿載而歸，實驗用的玻璃器皿、預計在園裡播下的種子。戰爭期間，各方通訊再次中斷。過了一九一四年，仍舊混亂不已。

五十年來，葉森都選擇離開歐洲，他在亞洲度過了第一次世界大戰，現在則準備經歷二戰。他總是孤伶伶地一個人，或者也可以說他一如往常地生活在自己的小幫派中，在芽莊市的一個小漁村內。幾年下來，這位獨居者成為眾人的領袖，在那兒建立了中立與世無爭的清修團體，與成員共同生活。由於他主張獨身、儉樸且博愛的生活，如果他在芽莊的科學與農業團體會令人聯想到西西利亞的無政府主義人士*或是傅立葉式的空想社會基層組織†，那麼葉森就是一位蓄著白鬍子的長老。如果在葉森面前提起這些，他也許會不以為意地聳聳肩。這無意間投入的事物，竟使他意外擁有一筆可觀的財富。

葉森這輩子唯一一次努力仿效別人，是為了符合學院的傳統與習慣。身為年輕醫生、年輕的法國人、年輕的學者，他曾對自己說要早點結婚。這其實是巴斯德的個人經驗對他的影響，使他認為結婚並不會妨礙工作。葉森喜歡在兌門街巴斯德夫婦的小公寓與他們共進晚餐。兩名正直而倔強的男子相知相惜，一樣沉默寡言、一樣有著一對冰雪般的藍眼睛。葉森心想他也會成為一位老學者，身邊有個溫柔的伴侶白頭偕老。他隨即朝著結婚的方向邁進，先以同樣理性的方法證明他的家族史，他按照慣例寄了封信給母親法妮。

法妮才幫他找到祖譜，馬上就替他覓得一樁親事。米娜·史瓦宗巴哈，一位朋友的姪女。米娜相貌可愛，令人不禁想像她純潔無瑕並將白色花邊鈕扣一路扣到脖子的模樣，但也許一到成年，在黑色大裙子底下每晚便會燎起熊熊火焰。葉森開始寫信給她，但這比介紹白喉還要艱鉅，好幾張草稿最後都被扔進垃圾桶。親愛的米娜。也許他過度美化老巴斯德平靜的夫妻生活了。在巴斯德家與高等師範學校校長貝侯（Perrot）間的學術討論、小亞細亞考古行動的故事，這些內容實在太笨拙了。米娜想要收到的是特別獻給她的、熱情的亞歷山大體情詩，那才會令她每晚愛不釋手地一讀再讀。葉森像個笨蛋似的，碰了一鼻子灰，從此再也不想提起這件事。他覺得有個妻子尾隨在後很快就會令他感到行事不便，也許以後再說吧，在我環遊世界之後，在我深思熟慮後再說好了。

現在我只想去看海。

---

* 西西利亞（Cecilia）的無政府主義人士指的是義大利人羅西（Giovanni Rossi）。羅西一八九〇年在巴西成立了西西利亞聚落（Cecilia Colony），共有兩百五十名成員。

† 傅立葉為法國空想社會主義者，批評資本主義社會的醜惡現象。希望建立一種個人利益與集體利益一致的社會主義社會，幻想通過宣傳與教育實現。對後來的社會主義運動產生一定影響。

諾曼地

對胡來說，葉森的想法實在太過荒唐，看海！他熄滅本生燈嘴，在白袍上擦了擦手，手臂伸向天空。這簡直是在做白日夢吧，看海！在漁村終老一生有何不可？葉森就是這麼說的。但是，還是留下來吧。有了，他有個能發揮效用而且合適的點子，就好好利用這位結核病專家的小名聲，讓剛通過學術審查、年輕的葉森醫師去完成卡爾瓦多斯地區孔貢市的任務吧。葉森準備親手檢查小孩口中的微生物，把這些生活在有益健康的環境和在戶外打轉的孩子與巴黎學校的孩童相互比較，看看受到製造業廢氣汙染的空氣是否成為疾病惡化的因素。

葉森剛買了一輛新款腳踏車，配有亞蒙標緻鐵鍊及齒輪。

葉森扣上皮箱，把顯微鏡包起來，登上一列前往迪耶普的火車，然後騎腳踏車到勒阿佛，搭渡輪至翁佛樂港，再騎腳踏車到孔貢。早上，他到教室繞了一圈，孩子在他面前張開嘴巴；傍晚他到岸邊散步，遇到願意讓他乘船的漁夫。晚上他在小旅館閱讀皮耶・洛地（Pierre Loti）的《冰島漁夫》（*Pêcheur d'Islande*）。葉森與洛地一樣，出身鄉下地方正直而純樸的家庭，過著嚴格的清教徒生活，童年歲月孤單；兩人一樣沒有父親，從小在女人堆長大，因而潛意識中厭惡女性、性向不明，夢想追逐大海和大洋的生活。這樣的念頭對於生活在賀許佛蘇梅水手家庭的人似乎是合理的，但不該是沃洲莫爾日人會有的想法。

葉森二十六歲，第一次見到海。

葉森不像帕拿斯詩人那樣站在峭壁頂端，讓風兒吹動髮絲；他站在霍爾號的拖曳漁船甲板上，被打在甲板上的海浪沖襲，他穿著靴子和防水衣，模擬船帆的操作方式和船上的工作。

他熱切地模仿洛地、其他探險家、航海家、部落發現者的作品，寫了些文字寄給他唯一的讀者法妮。他描述男人間親如手足的世界，像是洛地的作品和雨果的《海上勞工》（*Les Travailleurs de la mer*）那樣的東西。雖然葉森當時根本對船的結構一無所知，即便在船上，對繩索的印象，跟在房子裡吊死人的繩子差不多。「突然，船停了下來，漁網上的繩子就快要斷掉，快點絞帆！船身遇上一座露出海面的大礁岩，把網子劃破了好幾平方公尺，得快點用織網的梭子和細繩來補救。只花了大約七小時的時間，網子又能用了。但是大菱鮃只有白天才捉得到，晚上可以捕捉產量稀少的比目魚，但必須非常接近地面，因為比目魚群聚在沙子裡而不待在岩石中。」晚上大家在岸邊烤著紅魚，接著，所有人，除了守夜者跟乘客外，都到「帆布吊床」上睡覺。坐在無花果莊園花兒綻放的小客廳中，法妮讀著這些信，有些失望，有些事情開始不對勁了。

做為一名傑出的孤兒，葉森滿足了母親的一切願望，他當上了醫生。媽媽們都會驕傲地說，我的兒子是醫生。但葉森可不僅是醫生，更是一位學者，追隨巴斯德從事研究工作，她說，葉森是巴斯德的得力助手。他母親說，夠了，現在她只希望葉森回到莫爾日，在她身邊帶著光環過活，在湖邊開一間診所安頓下來，這樣就好。法妮很擔心，當媽媽的總是操煩個沒完。也許葉森就像他父親一樣，腦袋裡裝一艘船還不夠，變成法國人還不足以滿足他，他還想前往蠻荒之地。法妮又讀了一遍剛剛收到的信，「若是離開巴黎，我一點都不會難過，因為戲劇表演讓我厭煩，美麗的世界使我心生恐懼，生活不該一成不變。」

在諾曼地之後，一切都安排就緒。葉森不想在試管面前過一輩子，眼睛盯著顯微鏡而不看遠方的水平線，他需要空氣，要一個人安安靜靜、孤獨地品嚐。但胡顯然比較瞭解桿菌，而不那麼瞭解人性，他想在葉森歸來時給他一份光榮的工作，那就是讓他負責微生物的課程。

葉森是助產術主義*的信奉者，他認為，雖然缺乏知識是一種罪過，但所有能講授的東西其實都不值得學習。他一輩子都是傑出的自學者，鄙視無知的人，他認為一切只需要觀察就夠了，如果不會觀察，就永遠不得其門而入。葉森與胡的誤解愈來愈深，「甚至爆發了一場長達兩小時的爭執。」

康佛藍的孤兒訓斥莫爾日的孤兒，提醒他身為巴斯德弟子應盡的責任，天知道有幾千人千方百計想要得到你的職位，而葉森你竟然……。在這個有著一對藍眼睛、眼神堅定、靦腆且期待美好未來的年輕人面前，胡詞窮了。科學研究對他而言就像是小提琴，天才型的音樂愛好者也得聽天由命，耳聰目明是理所當然必備的基本條件，但是運氣也很重要，否則天才也無用武之地。莫札特不就選擇成為伐木工人，韓波不也去販賣磨卡咖啡及列日的槍械。葉森那些騎腳踏車旅遊的故事和用拖曳網捕魚的瑣事讓胡感到厭煩，他懷疑自己是不是看走眼了。葉森是一顆彗星，但到了二十六歲的年紀，也許就像數學家或是詩人一樣，他的光芒已經消逝了。

＊ 助產術主義（le maieutique）指的是蘇格拉底主觀唯心主義的辯論術，老師就像是知識的助產士，不在於灌輸知識，而是以問答的方式探索知識。

世界中心的大鐵塔

整個課程出乎意料地成功，葉森講了一些非說不可的重點，其他的應該就要靠觀察了。每個托盤前都有一位助理，他們帶著彷如魔術師或是旅館老闆的神色，放下鋅製的托盤，拿起玻璃鐘型罩，用手套擺弄幾隻在課程安排下遭到感染而病死的齧齒動物，他們把幾滴血滴在玻璃片中，然後放在顯微鏡底下觀察。

胡已經講授了前兩堂微生物學課，葉森要負責接下來的兩堂課。這項公告在醫學雜誌及世界各地的報紙刊登了好幾個月。那是海底纜繩的新時代，許多醫生登上郵輪的舷梯，在波爾多、瑟堡和聖納澤爾等跨大西洋海岸的港口登陸，然後在港邊的車站搭火車前往巴黎。這些暑期課程正逢世界博覽會和法國大革命一百週年，法國大革命百年紀念可以說是達到啟蒙運動的巔峰。

巴黎成為世界級的醫學大城，市區以紅磚打造，嶄新的巴斯德研究院也成為「進步」的代表。一切都是嶄新的，打蠟的地板、磁磚實驗臺上發亮的釉彩陶器，磨石粗砂岩和路易十三的浮雕。他們預定在海外建立巴斯德研究院，準備注射疫苗治療疾病。葉森面前是小方塊玻璃組成的高大窗戶，大廳採光因此十分明亮，裡面聚集了世界各地醫院的醫師，有法國籍、一名比利時籍、一名瑞典籍、一名古巴籍、三名俄國籍、三名墨西哥籍、一名荷蘭籍、三名義大利籍、一名英國籍、一名羅馬尼亞籍、埃及籍還有一名美國籍的醫師。細算起來：十二個國籍中獨缺德國籍醫師，因為當時德國被視為不祥的象徵。

有時在鋪滿碎石子的栗子樹庭院中，我們會看到穿著黑色西裝、戴著領結、半身癱瘓的老人坐在凳子上曬太陽。有人會跟巴斯德合照，然後將相片掛在候診室中巴斯德研究院證書旁邊。葉森對這件事非常不自在。「這真的很無聊也很奇怪。打從我第一次上課，就看見巴斯德先生、尚伯朗先生（Chamberland），還有其他許多令人敬畏的人物，不過巴斯德先生好像很滿意的樣子。」

課後，年輕人獨自在塞納河畔漫步。黑鬍子配上藍眼睛。他在春天剛發表了第三篇白喉的論文，葉森的才情並未消退、光芒也未曾熄滅。他是第一個住進巴斯德研究院的人，他挑了一間最漂亮、陽光充足的邊間，如果環境許可的話，他喜歡舒適的設備。他引進恆溫器和消毒蒸鍋，驗收送來的玻璃儀器。這年夏天，丹東（Danton）的雕像豎立在奧德翁劇院的十字路口，紀念法國大革命一百週年。沿著奧塞碼頭，戰神廣場上展示了科學、技術與文明進步的成果，可說是法國在向世界展現其非凡的成就。傷兵院廣場上的戰爭與殖民部也金援塞內加爾、大溪地、突尼西亞或柬埔寨的重建，將人口遷往這些重建國家，展現遠方領地及帝國的疆界。這一切動作證明了法國的普遍主義*和大帝國主義。但在瑞士人看來，法國的普遍主義有違常理，革命宣言中呈現的法國意識形態對外國人來說非常怪異，這種意識形態無法普及。

在機械陳列館中，葉森打開記事簿，機器就如同醫學一樣深深吸引著他：礦石和冶金、機器用具、礦泉水瓶、平民百姓的巧思以及公共建設。這就是他對做學問的看法：只需要觀察。葉森大量地觀察。接著他就會像做風箏一樣：拆解、重新組裝、改良機器，這比讀說明書還要保險。那個時代充斥著一股堅定的樂觀主義，像是居斯塔·愛菲爾（Gustave Eiffel）、儒勒·凡爾納（Jules Verne）。凡爾納的第一本小說《二十世紀的巴黎》（*Paris au XXe siècle*）揭示了「進步」的成果，那是一本啟示性的預言小說，藝術與文學都被科學與技術摧毀及侮辱，甚至徹底毀滅。聰明人埃澤爾（Hetzel）[†]勸凡爾納要正面以對，向悲觀的浪漫主義說再見，歌頌科學與機器。茹費理（Jules Ferry）[‡]、國民教育、笛卡爾的神話，加上七月十四日大革命的百年紀念，就在攻陷巴士底監獄的一世紀後，他們燃燒火藥，照亮巴黎的天空，性情轉為溫和的法國人搭乘電梯，在重新啟用的高大鐵塔上注視著巴黎市，平和地為煙火表演拍手。

全世界的醫師帶著黃銅製的小艾菲爾鐵塔和巴斯德的親筆簽名照，前往南美的潘帕斯草原或泰加森林，也許還帶了一件紅磨坊或瘋馬激情下的鬆緊襪帶當作紀念。葉森闔上記事簿：「昨天上完課後，我滿足地吐了一大口氣，學生還來將瓶瓶罐罐排好，然後實驗室就完全窗明几淨了。」巴斯德替他爭取一級教育勳章，葉森對這庸俗的小裝飾品無動於衷，他將獎章放進口袋，準備送給法妮。

世界各地不會到處都有科霍研究院，柏林也沒有高大的鐵塔，也不會舉辦萬國博覽會，俾斯麥陷入非洲的挫敗中。戴著缺少安全通氣閥尖頂帽的德軍，緊張的壓力節節升高。德軍自問是否非贏得戰爭不可，到色當[§]去逮捕這些闖禍者或是討厭鬼的皇帝。而在巴黎與柏林之間，就像在巴斯德與科霍之間的某處，也存在著一個色當。

長夏將盡，葉森一回到莫爾日就成了英雄人物，不是因為他的肺結核及白喉研究，這些不會是餐桌上引人談論的話題，法妮對年輕女孩解釋，葉森參加了兩場在瑞士最為人津津樂道的巴黎開幕典禮，那就是巴斯德研究院和萬國博覽會的開幕。法妮邀請社會新聞版的編輯到湖畔的無花果莊園來，在花團錦簇的小客廳中喝下午茶，牆上則掛上葉森的銅牌及教育勳章。法妮趁這個機會為那些醜八怪女人開設了一堂禮儀和閒聊練習的課程。葉森提到全世界的村落、機械、四間空中餐廳，艾菲爾鐵塔的每根支柱都用螺栓固定十字架橫木，葉森花了五塊法郎到達高塔的三樓。那麼流行時尚呢？葉森有提到編織的花樣嗎？他把茶杯放在刺上花樣的小布墊上，用一種溫柔而謎樣的聲音說：

「然後我還看見了海。」

法妮無奈地聳聳肩。

大海。

＊普遍主義（universalisme）是哲學上的一個分支，它強調普遍的事實能夠被發現且被理解。在倫理上，普世性就是指能夠應用在所有人身上的價值觀或事物。這種思想最早出現於宗教、神學和哲學概念上的普世概念。

† 埃澤爾（Pierre-Jules Hetzel）為出版商。曾出版儒勒．凡爾納的作品，包括《地心遊記》、《海底兩萬哩》等書。

‡ 茹費理（Jules Ferry,1832—1893），堅定的法國共和派政治家，曾任兩任法國總理，主張政教分離、推行教育世俗化、建立新的教育制度與推行殖民地的擴張行動。

§ 色當會戰，一八七〇年普法戰爭期間，普軍擊潰法軍，拿破崙三世退守色當，最後在色當城舉起白旗，普軍俘虜了法國皇帝拿破崙三世及其軍隊，決定了普軍及其盟軍的勝利，使德國完成統一。

船醫

巴斯德和胡必須接受事實，他們不能再用工作綁住葉森了。最好是找到一個適切的解決方法，讓這個熱血的研究員既能持續投入研究，也能放手一搏，然後期待他過了年輕氣盛的時期，有天就會如尤里西斯一樣歸來。巴斯德不太樂意地叫人寫了一封推薦信：「我，巴斯德研究院院長、研究院研究員、法國榮譽軍團大十字勳位獲獎人，證明葉森博士（亞歷山大）自一八八六年起，於高等菁英學校有機化學實驗室及巴斯德研究院擔任助理。個人樂見葉森總是懷著最大的熱忱工作。於本人實驗室工作期間，葉森發表了多篇研究報告，獲得頂尖學者的高度認同。」這封信隨著葉森的船醫求職信，寄到了法國郵輪公司的波爾多總部。

郵輪公司隨即熱切地回覆葉森的應徵信，

冒著不主動指派醫療人員勤務調動的風險，他們讓葉森選擇適合自己的區域，葉森選了亞洲。郵船公司很清楚任用葉森會帶來什麼商業效應：「親愛的朋友，你知道嗎，在這趟乘風破浪的旅行中，巴斯德研究院的一名年輕人幫我體檢，我們談到了老巴斯德先生……。」

接下來的幾個星期，葉森不時回到巴黎的醫院做準備，補充他以往較為欠缺的醫學診斷能力，皮膚病、小型手術、眼科，以免有所遺漏。他買了家庭醫師用的醫療工具箱、柳籐編織的行李箱，往裡頭塞了些書、蔡司顯微鏡、航海望遠鏡、一套攝影器具、容器、放大器、瓶瓶罐罐的顯影劑及定影劑。他搭火車前往馬賽，馬賽沿岸可見舊時的軍事胸牆。

微生物課程交由哈佛欽接手，而研究院的圖書館也重新任用一名烏克蘭的猶太人，這是巴斯德幫領養的另一位孤兒。哈佛欽後來到了孟買，在總是爭論不斷的科學界中，捲入一場論戰。葉森坐在前往馬賽的火車上，他待在巴黎五年了，也許他還會再回到巴黎，但不可能再回到那兒生活了。

馬賽

一九四〇年五月的最後一天，空中不太安定。這天下午，比小白鯨飛得更快更高的斯圖卡斯轟炸機，返回基地前在地中海上空迴轉，以俯衝的技巧及尖銳的汽笛聲賣弄自己的能耐。四年後，在戰爭接近尾聲時，在同一地點，在七月的藍色天空下，聖艾修伯里駕駛著他的閃電戰機消失不見了。他是路特西亞飯店另一位長期住民，也是梅莫茲幫*最後一名生還者。

小白鯨停在貝荷潟湖前劃了個弧形，水上飛機的浮筒在水面劃出一道痕跡，激起一束閃亮的泡沫。機艙搖搖擺擺接著又平穩下來抵達浮橋。這時沒有什麼好消息，巴黎機場關閉了，德國空軍猛烈轟炸道路橋梁。機組員很緊張，每個都在談論二戰中德軍的戰俘集中營，有些飛行員最後拋下工作，比較勇敢的加入阿爾及爾和布哈札維†的海軍縱隊，成為驅擊戰鬥機的飛行員。加滿碳氫燃料後，飛機起飛前往亞洲航程的下一站，柯浮島。小白鯨在夕陽西下時飛越馬賽港，葉森從機翼下看到船舶在岸邊像狹長的魚群一樣排列。五十年前，幾乎每天，他都在下面這些防波堤上步行，登上奧克斯郵輪。

一八九〇年，人們還無法想像二十四年後的衝突引爆所謂的大戰，不久之後，演變為世界大戰，隔不了多久，又成為第一次世界大戰。當時的人也無法想像航空科技的突飛猛進，傑出的發明能夠縮短距離，也能轟炸百姓。在第一次世界大戰前，葉森曾考慮買一架飛機，他特地到夏特機場試飛與議價，也計劃在芽莊規劃一條飛機跑道，但最後，他放棄了這個念頭，忙其他事情去了。葉森時常如此，老是東拉西扯一陣，他的船員生涯應該也不會持續太久。

當克萊蒙．阿德爾（Clément Ader）讓世界第一架飛機起飛，並創造飛機這個詞彙時，葉森正從一列來自巴黎的火車走下來，他在聖夏爾車站下車。當年他二十七歲，他從卡內比一直走到舊港，那是他第二次看見大海，海水比迪耶普的更為靛藍，海浪也較為和緩，他在馬賽港散步，這可不是沒沒無名的小港，而是通往寬闊世界的大門。十五年前，康拉德在這兒開始他的水手生涯；十年前韓波在這兒搭船前往紅海和阿拉伯半島；幾個月後，布哈札從這兒再次前往剛果。提行李的伙夫在葉森身邊將他的柳條大行李推上雙輪推車，裡面塞了工具箱、顯微鏡、水手用的望遠鏡和攝影器材。葉森登上奧克斯郵輪前往遠東地區，他又重新溫習了一次登船須知。

法國郵輪公司的每艘郵輪，每天都用敲鐘的方式宣告看診時間開始，醫生僅聽從船長的指令，並有專用的餐桌。葉森負責管理船上的藥房，每次郵輪中途停靠港口時，他都要重新補貨整理，還要時常檢查廚房是否乾淨、食物是否新鮮。此外，船醫配有一名護士隨侍在側，幫他打開由銅及上漆木頭打造的頭等艙間、幫他穿上飾有五條金色飾帶的白色制服，對著鏡子調整摺痕。葉森喜歡秩序，喜歡奢華的享受，因為奢華就是寧靜。在令人厭惡的悲慘處境中，最糟糕的莫過於永遠與人糾纏不清，永遠不得清靜。

郵輪乘載著幾百名乘客，這次船艙底層還載了一批軍人，準備到越南東京的駐紮地，法國在七年前成為越南的保護國。經濟艙中則是本篤會的修士及應上帝感召前往中國的慈善會修女。通常還有只買單程票的旅客，有充當好漢的傢伙、騙子、破產的人、靠女人維生的人以及好人家的兒子，他們想到殖民地看看能否過得好一點。葉森再次站在岸邊，一手放在額前的帽舌上，逆光打量著龐大的機械，那可不是一艘諾曼地的拖網漁船，大纜索將巨大的舦側固定在岸邊，船身有一百二十五公尺長。鍋爐工人燃燒大鍋增加壓力，下船參加最後一次晚宴的軍官，正坐在陽光充足的露天座位上。另一旁，沿著船塢，一名身著白色制服、配戴五條金色飾帶，呼吸中充滿著浩瀚與冒險氣息的優秀年輕人，是名肯定會被某個愛開玩笑的女人邀請到閣樓去大開眼界的紳士。年輕人問，米娜想像得到這些事情嗎？

* 尚・梅莫茲（Jean-Mermoz）為航空先鋒，與聖艾修伯里一樣嘗試過無數危險的飛航路線。

† 布哈札維（Brazzaville），剛果共和國首都與最大城市。

海上

幾位留守家園的太太揮舞著白色手帕，身旁擠滿了孩童。銅管樂團及合唱團演奏讚美歌獻給神職人員，向他們道別。大型郵輪的船首到船尾都掛滿了五彩信號旗，船隻在錨地迴轉，準備駛離碼頭，第一次，葉森認識了這兩個航行操作的詞義。

到了傍晚，他們已經遠離陸地，馬賽的守護聖母院在船痕後面愈變愈小。夜晚的燈光將船身染成玫瑰紅色，把大漁網上海鷗的羽毛變成黃色。風勢漸強，海面波濤洶湧。乘客都到客廳去了，頭等艙的玩麻將，中艙的玩紙牌，這就是從馬賽到西貢三十天的航程。

第一個中途停靠站是莫西，接著是克里特島，截至目前為止都算是沿著海岸航行，最後則往南橫渡地中海，朝亞歷山大港前進。七年前，巴斯德團隊成員圖利耶（Thuillier）在那兒為了研究霍亂不幸喪命。葉森在艙內使用上漆的木頭做了書架，放置醫學書籍和英文字典，他打開記事簿，寫信給法妮。有天早上，他在甲板上發現他們愈來愈靠近白色沙灘以及瘦巴巴的棕櫚樹，接著他認出一座清真寺的尖塔和一頭駱駝：就像福婁拜來到埃及時，「目不暇給，好像驢子塞滿了燕麥一樣。」

奧克斯郵輪開始進出運河閘門，一八九〇年春天，當葉森進入蘇伊士運河時，英國探險家史丹利，就是五年前柏林會議的英雄，也是那位尋獲李文斯頓、穿越非洲的探險家，已經在開羅閉關三個月了。他在那兒寫下在赤道地區拯救額敏．帕夏（Emin Pacha）*，從桑吉巴歷險歸來的故事，他將書名取做《在非洲的黑暗之處》（*In Darkest Africa*）。

往南好幾千公里處，布哈札和康拉德分別登上蒸汽船，從剛果河溯流而上。英國籍的船長，在成為馬賽人之前其實是個波蘭人，他將「黑暗之心」放在河流的最北邊，史丹利瀑布那兒。三年前，帕拿斯派的叛徒韓波與他的管家汪德闞在歐式的旅館房間裡，韓波從開羅寫信給妹妹，他提到埃及只不過是個休息站。「也許我會到桑吉巴，從那兒可以在非洲旅遊很長一段時間，說不定也可以到中國、日本去，誰知道呢！」

駛出單調的運河河畔，船隻的球狀船艏推進平滑透明的紅海水中。船員見識到可怕的熱氣，金屬被白熱的日光燒得燙人。夜晚時分，葉門紫紅色的山巒、幾座航標，告訴我們亞丁快到了。在閃亮的星光下，葉森走到甲板，在平靜的空氣中尋找清新的氣息。葉森的記事簿寫滿了句子，很像羅利（Malcolm Lowry）的作品《群青》（*Ultramarine*）會有的句子：「我們看見岸邊有一群黑壓壓的人，隱約被無數紅色的火焰照亮，裊裊上升的蒸汽帶動著船筏，傳來由幾個簡單音符組成的、有節奏的歌聲。這是正在填充奧克斯郵輪燃料艙的燒炭工人。」他在寫給法妮的信末說：「我們好像離歐洲很遠了呢！」

小兵穿上殖民地探險的短褲、戴上到非洲草帽，早上在港口進行體能訓練及操練；三天後，他們將啟程迎向最長的一段航程。船隻起錨慢慢往南，朝著印度洋、東南方的海岬、朝可倫坡前去。儲藏艙裝滿了飲用水及煤炭，貨艙也載滿了西貢缺乏的物品：機器工具、火藥武器、晚宴禮服、幾百公升的劣酒和茴香酒以及製冰機。在冒出一縷黑煙的煙囪底下，這些亂七八糟的東西加重船隻的重量，三千八百噸重的船身浮在綠色水面上，有時還要遭受突如其來的雨水撲擊，太陽將潮濕的木頭照得閃閃發亮。

他們穿越北回歸線，相隔很遠才會看到一座荒無人跡、長出幾棵椰子樹的純淨小島，當時是波特萊爾的時代，亞歷山大文體仍散發著光彩。慵懶的島上，大自然孕育出珍奇的樹種及鮮美多汁的水果。葉森愈來愈熟悉船上的環境以及他的工作，幾百公尺的甲板，一公里長的縱向通道和舷梯。一到下午，看診的銅鈴聲就會響起。一位穿著白色制服、優雅的帕拿布特†在船長休息室聽取軍官的晨間會報。

夜間他重拾醫學文獻，研讀英文。幾名他在頭等艙認識的英國人將在船隻停泊印度或新加坡時下船，重回他們在馬來亞或暹邏的栽種園區。葉森因而瞭解英國人習慣用縮略詞或縮寫當作形容詞。他們從航海語彙中發明了一個字：「有型的」（Posh），形容花花公子或是最流行、有型有款的事物，而這個字就是從「去程坐船左邊、回程坐船右邊」的流行語來的。當時很流行依據船隻行駛的方向更改預約的座位，如此才能從船窗欣賞岸邊更迭的風景，而其他不趕時髦的人，沒事先想到這一層的話，只能見到一片汪洋大海。

當他從交誼廳散步回船艙時，船隻駛入南邊的海域，乘客可以見到錫蘭的叢林，充滿熱氣的雨水淋在寶石綠的葉子上。在前往新加坡途中，幾名殖民地的軍人某晚在交誼廳中，邊喝苦艾酒邊跟葉森述說馬黑納（Mayrena）的故事，他曾自號馬力一世國王。馬黑納原為遠征軍當中的一名騎兵，後來躲到叢林中成為探險家，他占領一塊無人知曉的土地，只知道大略位於安南某處，自稱色登國王，爾後被法國人驅逐。聽說他撤退到當今的刁曼島，在墮落的宮廷中，他持著手槍，自稱伯爵，小酒館年老色衰的舞孃戴著他在全盛時期從布魯塞爾運來的劣質廉價飾品，伯爵先生沉醉其中無法自拔。抵達新加坡後，船隻朝東北方前進，沿著暹邏海灣延伸至曼谷，繞過湄公河三角洲，抵達最北邊的聖賈克海岬。

郵輪高大的船身在漲潮時駛入西貢河，在沉重低壓的天空下逆流而上，船隻的航速為二或三節‡，像是男人的步伐，以免其他戎克船及舢舨翻覆，或毀掉水上高腳屋及紅樹林岸邊搭建的漁場。炮艇在前方引導大船，新移民身上衣服黏搭搭地，帶著好奇與不安，將手肘撐在舷牆上，看著鸕鶿俯衝到蘆葦草的棕色枝幹中。乘客自問這裡真的能發財嗎？還是生命最後將會在這些氾濫的河底腐爛殆盡？也許他們其中一位，唸過書而且也讀過伏爾泰的作品，就像加入軍團的人一樣，帶著遺憾的愛情或教師資格考試失利的故事來到殖民地，他們會疑惑奧克斯郵輪為何以河中地區（Transoxiane）的河流命名，成吉思汗不就是在那兒將波斯人殺得血流成河，而讓砍掉的頭顱堆滿整個河道嗎？

「我們漸漸看到愈來愈高大的棕櫚樹，接著是猴子在椰子樹上嬉戲，最後我們見到幾片廣闊的草原，然後來到歐式屋舍前面。奧克斯郵輪鳴放了一聲響炮，下錨：我們到了！」遠處幾個倉庫，防水布下存放著煤炭、棉花，以及排成一列的酒桶。岸邊被人力車及套在安南小馬上的四輪馬車占據。軍團的小兵形成兩人縱隊，在前往北邊與中國相鄰的東京前，暫時先去臨時紮營地。另一邊的神父與修女，選擇從起於河岸邊筆直向上爬坡的卡地納街，朝高原和安鄰廣場（Francis-Garnier）前去，那兒剛豎立起兩座新的聖母院鐘樓，並且新開了一間愛菲爾郵局。

皮條客坐在一旁的小包裹上，口袋裡裝著紙牌和小刀，他們等待著落在後頭那些猶疑不定的人們，那些沒人接待，剛從馬賽來的新訪客，他們就像每年在妓女戶或在中國城市的鴉片煙館中被剝皮的小山鶉一樣。葉森在船上軍官的陪伴下參觀了兵工廠後，就坐到黑克斯或馬捷斯旅館的露天座位上。身著白色西裝的商人在夜裡小口啜著苦艾酒和黑醋栗香甜酒。西貢這個城市還不滿三十年，整個城市都是白的，道路依據奧斯曼模式規劃得條條坦蕩，配上成蔭的角豆樹。在運輸公司裡，葉森收到海關及衛生單位蓋滿印章的文件：葉森醫師在四天後就要登上窩瓦號郵輪了。

他要加入西貢到馬尼拉的航程了。

---

* 額敏帕夏（Emin Pacha, 1840—1892），日耳曼醫師、探險家，曾任埃及赤道省總都，對探索非洲地理、自然、種族與語言貢獻良多。一八八一年馬赫迪（Mahdi）發動政變，一八八四年阿嵐（Karam Allah）奪取赤道省，額敏帕夏於是

向南撤退，歐洲輿論一致傾向組織救援隊儘速救援。史丹利在援救額敏帕夏的過程中，溯剛果河而上、穿越危險的伊圖裡雨林進入赤道省，於一八八八年四月二十九日與額敏帕夏相遇。

† 帕拿布特（Barnabooth）是法國詩人及小說家拉爾博（Valery Larbaud），於一九〇八年虛構的一位自傳性人物，小說中，他是一位百萬富翁旅行家。

‡ 每一節即每小時一海里。

平行的生活

窩瓦號郵輪是一部由帆船與蒸汽設備混建而成的老機器，是一艘三桅帆船，內設一個中央鍋爐，樸素的船身可以容納六十七名乘客以及好幾噸的貨物。

船隻每個月由西貢出發。這條路線的批發商常客，在去程時，網羅了賣給菲律賓有錢人的各式歐洲商品，巴黎的服飾、利摩日的瓷器、水晶玻璃容器和上等的美酒。回程時，船底貨艙則運回菲律賓窮人的血汗成果，甜麵包、馬尼拉香菸及可可樹的果實。從一個港口抵達另一個港口，需要在康拉德式疲軟而厚實的黃色海面花上三天三夜的時間。船艄在海水面前推進，好像在噘嘴表示不滿。平和的蒸汽船以渡輪之姿規律地航行，站在舷梯上的是法蘭斯·納可，操作亞洲舊船的老手。從此葉森的生活，在這一整年之中，都如鐘擺般規律地度過。

葉森有三分之一的時間在船上度過，三分之一在新西貢休息，另外三分之一則待在舊馬尼拉。任何一座西班牙統治了好幾世紀的城市中，都充斥著純金光芒的天主教教義以及流血的聖人雕像，還願物，上面覆滿鮮花水果和蛋糕等奉獻物的華麗聖女像。這些在沃洲的清教徒眼中，與巫毒教的崇拜物一樣怪異。就像波多黎各或哈瓦那一樣，這是座築有海上防禦工事的城市，城內還有砌石坡道、以及在山形牆上嵌有兩面鐘的白色教堂，教堂鐘面已經被黑色的腐爛物及綠色的青苔腐蝕，此時法國人才剛完成用土魯斯的紅色新磚瓦建造的西貢聖母院。

葉森很快就遊覽了這兩座城市，每當郵輪停靠時，他就往更深遠的地方探險。大家都知道，葉森是個善於規劃的年輕人。在菲律賓群島時，他每個月都會向天文臺耶穌會的神父研習天文學，學習使用氣壓高度計測量高度、攀登塔爾火山，就像他做風箏一樣，投入實際的操作。他用墨筆畫出火山的缺口。「底部有兩個黃綠色的潟湖，那兒散發出白色的蒸汽。幾柱小煙霧不時從缺口冒出來。」他買了一艘大型駁船，當地人稱這種船為蜘蛛船，同時雇用了一名船夫，乘船逆流而上，到一個使用他佳祿語的小村落，觀看鬥雞大賽。

每個月，葉森這位吉姆爺*都會更深入地「朝著茂密的熱帶雨林中狹窄而彎曲的小河前進」。他為唯一的讀者法妮寫了前幾篇探險文章：「我們向前來到翠綠的蒼穹下，配上月光、寂靜的夜晚，漁人的小獨木舟隱藏在河邊幽暗之處，使這個場景有著一股奇異的魅力。我們送艦長、兩名嬰兒及一位西班牙中士上船，清晨一點我們抵達了雅拉雅拉半島。」黎明時分，船隻掉頭回轉。隔天，窩瓦號的吊杆吊起蜘蛛船，固定在甲板上。船員絞起纜繩釋放出蒸汽。葉森脫下縫有五條金色飾帶的白色制服、敲了敲鐘，晚上到高級船員休息室，繼續跟納可船長以及端坐苦艾酒前的批發商講述他的歷險故事。蒸汽再次在波光粼粼的海面上遙遙上升，有時候他們會將船帆張開以節省煤炭，或是用以紀念某些前輩。纖弱的駁船成為他平行生活中唯一的連接點，三天後回到西貢，駁船就要從窩瓦號下船，在港口下水了。

在交趾支那，菲律賓的蜘蛛船搖身一變為越南的舢舨船。就像先前他將時間花在海上航行一樣，在這裡葉森也將時間花在沿河航行。他的兩位嚮導，鐘和堤烏，帶了棉被和手提燈、蚊帳和尚伯朗飲水過濾器、米及雙腳被綁在一起的幾隻鴨子。「原本遠在天邊的幾座山慢慢接近，河道被峭壁夾得愈來愈緊，在溪澗底部太陽熱得嚇人。」一夜間他們在河邊紮營，升起營火、宰殺幾隻家禽。這一小隊人馬很快就來到了邊和，甚至更往前一點。葉森在那兒遇到一位獨立栽種的丹麥農夫周強生（Jorgensen），他客隨主便，受到主人的殷勤款待。在他離開前，周強生交給他一張購物清單，希望一個月後收到物品。柚木房子由樁基撐起，在露臺上，胡椒樹的綠色長浪顯得非常突出，還可以見到「腳下，水不斷從岩石間冒出來」。清晨時分，放眼望去，一片藍色的山巒，大象在河邊喝水，猴子叫囂著，還有小鳥熱鬧喧嘩的叫聲。這才是一個遠離塵世、得以安心生活的所在。葉森與周強生一塊兒花了兩天步行，推進至毛族人的村落。

無花果莊園的女孩看得出來，法妮讀了葉森的信件後，疑慮日漸消失。葉森寫下他首批的人類學筆記。毛族人「身材高大、身上只圍了一條帶子，他們的面孔與安南人很不一樣，他們總是蓄著短鬍子和落腮鬍，表情較為驕傲而野蠻。村落僅由一間房子組成，不過這間房子是很大的吊腳樓。每個家庭住在沒有完全遮蔽的小隔間，他們過著團體的生活，金錢對毛族人毫無價值，他們比較喜歡幾顆玻璃珠或是銅製的戒指」。

葉森對堅守離群索居的團體生活、原始的公平主義以及沒有金錢流通的世界懷抱著無限想像。為此，他必須離開河邊往前推進，投入艱難的長途歷險，攀登安南山嶺，並且穿越它。葉森走往深處，朝著色登人或是茄萊族的地盤前去，那是一個從來無人到訪，連周強生都沒去過的地方。也許馬黑納，也就是馬力一世去過，只是他尋覓的是黃金或榮耀。葉森常常在窩瓦號駛離的前晚，才會南下回到西貢，在那兒將他的舢舨運上船，三天後這船就又會成為他的蜘蛛船。他同時也會再次見到納可船長和大盤商人。至於船員則「來自世界各國，有中國人、馬來西亞人和南圻人」。他無法想像跟他們一樣，一輩子都在海上生活，但也還不知道自己能做些什麼。葉森很快就在這些遷徙過程中達到地理上的極限，這比一堂細菌學的課更令人難受。

葉森到目前為止都還稱不上是探險家，他從未一去不回，不曾遭遇危險，或置於生死存亡的災難中。但是過不了多久，就在一場與圖克的戰鬥中，他被一枝長矛刺穿，幸好他的醫學常識挽救了他的性命。

這年葉森往返於馬尼拉和西貢之間的黃色海洋，同年春天，韓波最後一次返回馬賽港。在石子路上以擔架運送幾星期後，期間沒有任何護理照顧，也沒有巴斯德的醫療用品可以使用，韓波最後還是接受了腿部切除手術。船上，身著白色制服的隨船醫師在他床邊束手無策。昏迷中他冒出最後幾個句子，在象牙間，斷斷續續的說話聲彷彿非洲叢林的鼓聲。在截肢之前，他寫信給妹妹伊莎貝爾：「中學課程為何不教些基本醫學常識，才不致犯下如此錯誤啊！」

＊ 英國小說家康拉德（Joseph Conrad）於一八九九年至一九〇〇年間連載的小說作品吉姆爺（Lord Jim），講述一個卑鄙的英國軍官，被棄放在紅海的故事。

阿爾貝和亞歷山大

卡瑁特來到西貢的事情令葉森非常驚訝，這是兩人第一次見面。人在巴黎的胡在巴斯德建議下，替兩人安排了這次會面。

同年出生的兩人，經歷完全相反。阿爾貝・卡瑁特（Albert Calmette）在布雷斯特海軍健康醫學院畢業後，隨即跟隨海軍司令庫伯（Courbet）征戰中國，皮耶・洛地當時也是其中一員。擔任海軍隨船醫師後，他在香港住過一陣，接著又在加彭待了六個月，他在那兒遇見布哈札。在紐芬蘭待了兩年後，又跑到聖皮耶及米克隆群島。現在，一修完巴斯德研究院的微生物課程，他又被派到交趾支那去了，成為巴斯德幫的一名小生力軍。

基於禮貌與好奇，葉森接受了邀請，這些都是他過去的生活，就像是航海和研究之間的過渡期。當卡瑁特二十歲在海軍擔任醫療人員時，葉森還在馬堡，而且還沒見過大海。現在，葉森成為海員，這一年來他大半的時間都在窩瓦號郵輪上。兩人坐在馬捷斯旅館大廳，這座白色皇宮般的酒店就座落在卡地納街底，現在的自由大道上。

金黃色的皇家座椅和穿著制服的跑腿服務生。從河上看去，一百二十年後，戎克船就像現在二〇一二年看到的這樣。選張椅子給未來的隱形鬼魂吧！鼴鼠皮的記事本記錄了葉森在馬堡儲森旅館的足跡，鬼魂拉長耳朵、窺視並記錄兩名二十八歲男子的對話，他們的黑鬍鬚都修剪得整整齊齊的。兩人像是靦腆的密謀者，小心翼翼地談起他們共同的興趣，地理、洛地的作品和釣鱈魚。在悶熱的西貢，他們也想起米克隆島天寒地凍的氣候。這位軍人身著便服，而這位平民百姓則穿著鑲有五條金色飾帶的白色制服。

總舵手高大的身影籠罩在兩名年輕醫師身上，黑色禮服及黑色領結展現了偉岸的氣勢，這位皺著眉毛的老人，受到巴斯德幫所有人的敬佩。葉森與卡瑁特想起與老巴斯德見面的情景，各自講述了一段故事。大家都知道巴斯德的成就，也知道一輩子沒當過醫師的他，卻在醫學界呼風喚雨，他同時還是化學家和結晶學家。他們對巴斯德成功的過程如數家珍：從研究蛾蟲疾病、啤酒發酵、酒類和牛奶的殺菌、發現豬丹毒桿菌、炭疽桿菌、一直到培養出狂犬病疫苗為止。世界上所有語言都預料不到這項新發展，當然也就不存在對應的名詞，這位科學事實的發現者於是請教里特字典的編撰者里特（Littré），里特毅然而然地認定，「microbe et microbie是兩個很好的字，指微小的動物，我個人比較偏好microbe這個字，首先正如您說的，音節較短，然後他也保留了microbie的字源，microbie是一個陰性名詞，用來指稱microbe的狀態。」

他們交頭接耳，好像革命小團體的兩名地下鬥士，用著他們才懂的內部語言，細聲談論夢想中更美好的未來，這會是一段美好的情誼。卡瑁特當然印象非常深刻，在他面前的可是因為發現白喉毒素而名列頂尖學者之列的葉森博士！正應如此，胡將葉森留在巴黎工作。不過葉森卻是孤寂的異數，一心想要當水手跟探險家。卡瑁特向葉森吐露實情，他其實是被巴斯德研究院派來建立越南研究院，他建議葉森與他一起工作。葉森完全沒料到這事兒，神色頓時僵硬了起來，巴斯德研究院又逮到他了。由於卡瑁特在西貢還沒找到居所，所以他打算先在醫院一角開設研究實驗室。

為此，卡瑁特最近剛加入隸屬軍方的殖民健康局，這也是胡與巴斯德在巴黎設下的小計謀。葉森裹足不前，因為他擔心會受到法國政府管控，雖然他取得了法國籍，卻從來不曾在三色旗下實行公民義務。反正對他而言一切都結束了，那是過去的生活。葉森起身，兩人握了握手，也許他們不會再見面了，但他們感覺得到某些部分會使他們成為朋友。「他費盡唇舌說服我進入他的組織，但是昨日的爭執猶言在耳，我還沒辦法做出決定。」

葉森離開馬捷斯旅館大廳，手插口袋朝郵輪方向前去，不一會兒便來到了岸邊。他繞過由側支索拉緊的信號旗臺，穿越架在一小段水面的小橋。葉森登上窩瓦號郵輪，他搖了搖鈴聲，開始看診，卡瑁特則上樓回到自己的房間。這兩人還不知道他們的人生會有什麼交集，也不知道他們的書信往來竟會維持四十年之久。船長將蜘蛛船豎立在甲板上，葉森又開始了他的冒險生活，期待著他的戰鬥人生。

夜晚在海上，也許他還有些許猶豫，他想起卡瑁特的計畫：研究米酒的發酵、鴉片的止痛作用、治療被毒蛇咬傷的血清。大家都知道卡瑁特一定會成功，將來在名為BCG的疫苗（卡介苗），中間的字母C就是他名字的縮寫。現在金邊的卡瑁特醫院與金塔山的巴斯德研究院相去不遠，巴斯德研究院將以分裂生殖或轉移的方式在世界上努力擴張。在里爾的研究院揭幕前，他們已經先在海外以及大都會之外，創立了兩所巴斯德研究院。其實，不論是西貢、里爾或是阿爾及爾都還是法國的管轄範圍。

航行

這一直是一九四〇年的景況，雖然大家感覺得到帝國殘存下的不祥徵兆，儘管八天內抵抗納粹失敗，法國在不到一個世紀的時間被侵略三次。這名七十七歲、白鬍子藍眼睛的老人在地中海上空飛行的機艙內打瞌睡。離開馬賽兩天後，LeO H-242型飛機於雅典機場起飛。小白鯨在寬闊的藍天中振翅飛翔，賽普勒斯在左翼下方，新款的四部孔門隆尼引擎，嗡嗡作響，駕駛座後方，四部引擎共用一個空氣力學的氣孔。

葉森記下這些訊息，孔門隆尼發動機。

他剛剛才在巴黎參加完巴斯德研究院的最後一場會議，在碎石子鋪成的庭院內，他得知多位研究人員都過世了，那兒可以看到胡的墳墓，卡瑁特和胡都在七年前與世長辭，他向亡者致意並與老管理員梅斯特握手，他就是當年第一位罹患狂犬病而痊癒的患者，現在也已經六十四歲了。

葉森當然不時自問自己為何還一直活著，他還要忍受多少次戰爭？他想起卡瑁特兄弟，擔任記者的老大卡司東・卡瑁特（Gaston Calmette），普魯斯特曾在《追憶逝水年華》開頭，提詞獻給他；而年輕的阿爾貝，葉森則是在西貢的旅館第一次見到他。十年後，胡寫信給他：「卡瑁特應該要安排我們在他哥哥家與薩羅（Sarraut）見上一面」，大家以為部長薩羅將會出任印度支那的總督。在同一封信，胡還提到：「研究院這邊沒什麼新消息，大家正忙著摩納哥的事情，法德談判就要開啟了。」

卡瑁特老大，卡司東・卡瑁特在《費家洛報》的社長室被另一位部長約瑟夫・卡約（Caillaux）的妻子開槍射殺身亡。那是一九一四年的春天，就在饒勒斯（Jaurès）* 遭刺殺與戰爭爆發之前。葉森再度想逃離這些骯髒的政治事件，獨自一個人。儘管終其一生，他始終無法真正遠離巴斯德研究院及巴斯德小幫派。他注視著藍天中遠處白色及赭色的痕跡，那片黎巴嫩山巒的線條。

在探險家牧歐（Mouhot）發現吳哥窟遺跡的年代，也就是前一世紀的六〇年代，當時巴斯德正對生物自生的理論猛力開戰，從夏慕尼到冰海去採樣純空氣。當時必須先沿著好望角航行三個月，才能抵達亞洲。三十年後，葉森登上蒸汽發動的奧克斯郵輪，從蘇伊士運河前往亞洲，所需的時間不過三十天。人一生的空間，從一顆南瓜變成一顆香瓜，最後變成了一顆橘子。

六歲起他就是法國航空的常客，他把地名唸成一連串的詩句：雅典之後是祕魯、大馬士革、巴格達、布什爾、班達爾賈斯克、巴基斯坦喀拉蚩、印度久德浦爾、阿拉哈巴德、加爾各答、仰光、曼谷、吳哥、接著是西貢。從巴黎出發，飛機要起落十幾回，過程就如同跳蚤跳動一樣。全速的話，氧化鋁製的小白鯨每小時可達兩百公里，比現在的火車還慢，但是以這樣的艙體結構而言，這個速度還是超乎了想像，爬升在不算高的空中繞行世界。

葉森什麼都想知道，地名、名字就像數字一樣無法使他滿意。他記錄時刻表、機長的名字（庫黑）、機械員（普力拱）、天空的狀態及氣象，重新讀一遍舊筆記，或無聊地重新翻閱力學筆記。他對探險及研究成癖，他這輩子寫完的筆記本，已經有上百本了。讓我們坐在他身邊，鬼魂手持未來的鉛筆，透過肩頭閱讀葉森的記事，將內容抄錄在鼴鼠皮套的筆記本中。例如這一頁，像是一架無人駕駛的間諜機，事先預料到伊朗的攻擊一樣：

班達爾賈斯克，〇點五十五分起飛，飛行到一千公尺。

一點五十分，海盜村？進入波斯灣。

二點，海邊岩岸上的小村莊。靠岸邊寶石綠的海水、棕櫚樹、小船、灰色的岩石。

三點，村莊組成的小沙漠半島與棕櫚樹。船隻在海面上行駛。

三點四十分，東方的平原，較少的沙漠地帶，納比雷村落（奇拉河），大約是在班達爾賈斯克和布什爾之間。

五點，飛越至一千公尺高空，平原或山巒靠近緊鄰，有許多村莊，自西北至東南之間幾乎乾涸的河流。一條交通要道。

五點三十分，大河谷朝東南前進與寬闊的河流平行。耕作的格子農田。

六點三十分。抵達布什爾，溫度二十七度。

一九四〇年六月的頭幾天，每次降落，大家都在蒐集最新情報，同時也擔憂戰況。據說同盟國戰敗的軍隊在敦克爾克再次登船，法國的海港被猛烈炮轟。在聖納澤爾，數千名疏散的人群在冠達航運公司旗下的蘭開斯特里亞號郵輪上被活活燒死。英國獨自對抗德國，義大利也加入了戰局。葉森日漸遠離歐洲的戰事。在加爾各答，恆河的天空染成了紅色，他看到夕陽西下時，三角洲上空交織成一片金色與紫色的網絡。他抵達芽莊的時間延誤了，他也可能死在飛行途中，在飛機停靠時被埋葬在某處。那裡之後會有的不是教堂，而可能會是一間研究院。他像是即將放暑假的小學生，整日倒數著天數和降落的時間。將近五十年，他總是返回芽莊，他想在那兒終老一生。他在信裡仔細說明，「拿同」（Nha Trang）當地人是這麼唸的，他向筆友解釋，亞歷山大．得羅德（Alexandre de Rhode），十七世紀的《拉丁文、安南文、葡萄牙文字典》的作者，也是亞維農的耶穌會修士，他使用奧克語[†]，並且用h頂著硬顎發音，這位修士將芽莊發音為「尼同」（Nia Trang）。葉森，老是想知道每件事情。

多虧葉森與另一位船長佛羅德的情誼，一位來自聖納澤爾的船長，他才得以認識芽莊。準備踏入天堂囉！

---

* 尚．饒勒斯（Jean Jaurès, 1859—1914），法國最早提倡社會民主主義的人士之一，主張和平主義，曾預言第一次世界大戰，但卻於大戰前夕被民族主義陣營的拉烏爾．維蘭（Raoul Villain）暗殺身亡。

† 奧克語（langue d'oc）是中世紀法國盧瓦河以南地區使用的語言。

海防

在海運業中，人無法選擇分派自己的職務。對公司來說，菲律賓路線無法帶來收益。就在葉森於往返馬尼拉航線的窩瓦號郵輪服務滿一年後，他接受了人事異動，被派往一條新的海防市路線，登上比窩瓦號郵輪小兩倍的西貢號郵輪。

這艘混合型的小貨輪僅能搭載三十六名乘客，緩慢航行於南中國海沿岸。葉森從來不曾一整天或一整晚在海上航行。閒差一份。就像航行在公海上的大型郵輪一樣，海事法規定在大型駁船上必須有位穿著白色制服，上面飾有五條金色飾帶的醫師隨行。在這船上，久久才有一位甲溝炎或是偏頭痛的病人。唯一令葉森擔心的，只有船長佛羅德短管菸斗後面那張蠟黃的膚色。船長聳聳肩膀。葉森在這些海域航行無數次之後，就不曾感到疲倦，事實上他也沒事可做。「我們沿著岸邊，平均離岸約二到三海里左右，這個距離可以使持續變化的風景盡收眼底，我興致盎然地素描起船隻經過的山巒輪廓，希望下次航行時能夠認出來。船長要我在駕駛臺上做這份小差事，請我也給他複製一份，因為這一帶沿岸的航海地圖實在做得太差了。」

十年前，茹費理在庫伯的海軍軍隊，包括軍官洛地等人，掠奪了安南和越南的東京，如今僅有沿岸地區有法國人的蹤跡。如果想從陸路連結這兩個交趾支那的省分，就要找個時間好好繪製地圖。這條新興的商業路線是唯一可以連接西貢和河內兩大殖民地都市的要道。每天早上，葉森醫師將航海望遠鏡的皮繩掛在脖子上，拿出鉛筆和圖畫紙。閒來無事的乘客則玩起紙牌，最有錢的人成了船上時髦客，從西貢出發時坐在船的左側，從河內出發時則坐在右側。只有船長和葉森可以在駕駛臺上享受全景風光。

去程一如回程，船隻在一個寧靜、陽光普照的海灣下錨，船員啟動主錨，將小艇放下水，把槳叉座固定好，載運幾個箱子到漁村裡。「這是西貢之後的第一個停靠站，芽莊，到這兒需要二十八小時的時間。」葉森畫出搖曳生姿的翠綠椰子樹及閃閃發光的海灘。「我們是唯一停靠在這漂亮海灘的船隻」。

從芽莊上船向北回溯，天空漸漸變成灰色，一直蔓延到紅河河口及海防港。在那裡，乘客搭乘戎克船前往河內。葉森買了一艘小船，就像在馬尼拉和西貢一樣，他又開始他的冒險之旅，在三角洲的臂彎中，往返於淡水河間。一星期後，船隻又南下朝陽光之鄉航行。葉森敲了敲問診鐘，「有時候乘客頗令人厭煩，但這就是生存的悲哀之一」，船上，偶爾有高大的移民白人女子沁出汗珠說她快要中暑昏倒了。但事實上，佛羅德本人的身體才真的不太舒服，有時候還得扶住舷牆以防跌倒。他不是那種矯揉做作的娘們，頂多聳聳肩膀，然後又點起短管菸斗。如果葉森斷定他身上有病，很可能會把他請下船去，不過就算要死，他也寧可死在海上。醫師與船長，兩人於是成為朋友，接著成為同謀。葉森在西貢號上加裝了尚伯朗的飲水過濾器。

每次經過芽莊，葉森都驚豔不已，終於，他有機會與船員搬運物品到陸地上去了。內陸地區的植物令人眼花撩亂，可直線遠眺五十公里外的山上霧氣瀰漫。每到晚上，兩名男子就在船長休息室談話。從來都沒有人能穿越山脈，也沒有人能畫出山巒的地圖。船長很清楚眼前這名男子的未來絕對不限於海上。他不惜違反規定，冒著沒有醫師照料的風險，准許葉森遠離船艦住到芽莊。葉森大步走遍鄉村，訓練自己赤腳走路，但這些都還稱不上探險。在駕駛臺中，他也訓練自己，向老船長學習如何使用六分儀、如何定位。夜間，他在船艙研讀大地測量學，且累積足夠的數學知識以便觀測天文。

在這條一成不變的西貢海防路線中，沿海航行非常枯燥乏味，葉森在船長佛羅德的協助下，為未來的製圖與探險生活做好準備。在這些被遺忘的數千名水手中，讓我們對最偉大的水手佛羅德致敬吧，讓我們頌揚這位來自聖納澤爾的佛羅德船長吧！在水面上過了一輩子，在各個海域、各大海洋乘風破浪，在聖納澤爾出生的他，最後回到了波爾多，在專門治療熱帶疾病的醫院辭世。

窮人的醫生

在卡瑁特之後，他遇到了羅何，葉森感覺到他們不想放過他。羅何，巴斯德的外甥，也是巴斯德幫的創始人之一。他與葉森同年，在杜朵街的研究院完工前，曾與葉森在沃格林街一起擔任疫苗準備員。在姨丈巴斯德的建議下，羅何發了無數電報到葉森在西貢的辦公室，每次西貢號停靠時，他都會去這間辦公室。

他們把羅何送到澳洲創立巴斯德研究院，羅何想要利用母雞的霍亂微生物消滅入侵的兔子，他還替狗和澳洲犬施打疫苗對抗狂犬病，為羊群注射疫苗對抗炭疽病，他愈來愈忙幾乎無法負荷，只得向同學求救，那位總是想要東奔西跑的葉森。他向葉森提議一個比在中國沿海航行更令人振奮的生活，一份比船醫優渥的薪水、還有一間可以進行研究的實驗室。澳洲大陸充滿活力，那兒的一切都非常現代化，還可以看到袋鼠。葉森面臨抉擇。他沿著馬捷斯旅館，朝上走到卡地納街，最後走進愛菲爾郵局向櫃檯要了一張藍色信紙。他在上頭禮貌地向羅何表達情誼、讚美他的任務，但他婉拒前往雪梨，他先前也在西貢婉拒過卡瑁特。這項決定改變了他的人生。「卡瑁特讓我切斷與另一邊的關係，使我進入殖民地的航海生活，讓我上山下海，經歷美好的事物。」

葉森相信細菌學的美好年代已經過去，細菌學的探險時代已成過眼雲煙，天才獨自工作的時代已經結束了。「我很清楚細菌學的階段，再向前走一大步將十分艱鉅，人們必須經過多次的失誤及失望」，他不想成為其中一員，他還年輕，而且定不下來，他很快就會厭倦。現在他知道如何在叢林中赤腳行走，他不用像老僧入定的研究員那樣非得穿上鞋子才能走路。他離開巴黎不是為了閉關生活，他想要成為探險家，這是他當上醫師前的願望，他還在柏林時就曾經在寫給法妮的信中提到，他提醒法妮：「我知道最後我一定會成為科學探險家，我太愛這種生活了，你應該記得我的私密夢想，我想追隨李文斯頓的腳步直達遙遠之境。」

他對二十多年前過世的李文斯頓瞭若指掌。他的探險歷程從南非到安哥拉，一步步穿越非洲大陸直到莫桑比克，在路過的村落中他替村民看診。他發現贊比西河，同時持續研究尼羅河。他在坦干伊喀湖邊與奉命去做研究的史丹利記者相遇。「我猜，你是李文斯頓醫師？」他拒絕跟史丹利回去。一年後他過世了，兩位忠心的朋友闕馬和蘇西摘除了他的內臟，他們將臟器埋葬在一棵樹下。曬乾的軀體則由這兩位友人用竿子挑到巴加莫約和印度洋海岸邊，交給英國人運回坦尚尼亞的桑吉巴。喪禮在西敏寺舉行，由史丹利統籌規劃，「大衛・李文斯頓，傳教士、旅行者、同時也是慈善家長眠於此」。葉森如同他心目中的英雄，發現了未知的國度，在每次停留芽莊期間，他為窮人看病。

「你問我是否喜歡醫生的工作，是也不是。我很喜歡照顧前來求診的病患，但是我不想以此為業，換句話說我不想讓病患付錢接受我的醫療照顧。醫師如同聖職，也像牧師，向病患索求醫療費就像逼迫他在金錢與生命之中做出抉擇。」葉森繼續在西貢號上航行，郵輪公司給他的薪水，目前還能夠平衡他的問診支出，他一輩子都與金錢、也與政治扯不上關係。葉森是莫爾日自由福音教派的標準信徒，也是李文斯頓的追隨者，他是醫師、探險家，也是牧師。

當他終於在芽莊車站下車，那是一九四〇年的春天，他回到沙洲村的漁人岬頭。在經歷八天的旅行，十多次的起降後，氧化鋁打造的小白鯨在西貢機場擱淺，永別了小白鯨。蓄著白鬍鬚的老人搭火車回到寬闊平和的海灣，在防波堤上漫步，幾名漁民向他致意，那是從前接待他的那位老漁夫的孫子。五醫師最後一次回到這兒，這兒的人也稱他為白衣五條金色飾帶的「五」叔叔，其實他在上個世紀就不穿那套制服了，在他還是黑鬍子藍眼睛的快活水手時，就一直是芽莊人祖父母輩的醫師。

他走進水邊方形的大房子裡，這是他許久以前設計的，一個理性的方型建築。屋上的圓頂是他的天文觀測臺，三層樓的房子，每一層都有開放式的拱型柱廊，大家擔心這次再也見不到他了。他清空行李箱、整理要儲備起來的藥品，坐在陽臺的搖椅上看海。陽光在棕櫚葉及寬闊的海灘上嬉戲，五彩繽紛且吵雜的鳥兒靠了過來，還有他那隻鸚鵡。早晨他收聽巴黎的夜間新聞，法國將軍的聲音讓他感覺彷彿人在法國，準備簽署羞恥的停戰協議，法國戰敗、瑞士中立、德國勝利。法國的鄉村在短短幾天就死了兩萬人，等同於一場傳染病的死亡人數，這是一場棕色禍患。葉森明白這世界大戰最後一定會波及芽莊，與德國結盟的日本人有一天會轟炸漁人岬頭，身為老傳染病專家，葉森確信結果一定十分慘烈。

衰老，是極度危險的事。

對某些人來說，也許，早逝不是壞事而是好事。韓波若不是罹患壞疽病，應該會是接近菲利普・貝當（Philippe Petain）的歲數了。葉森七十七歲，回到芽莊繼續他的修行生活，直到過世前他都沒有離開過方型的房舍，他還有時間，他第一次感到有些遲疑，在這種年紀還要投入哪一種探險旅程？他知道他的人生已經進入倒數階段。長久以來，人們催促他撰寫回憶錄，記下那些巴斯德幫的事情，他沒有認真記錄下來，他打開老舊的大箱子，只是稍稍按照順序排列他的檔案，想聽他再說一次偉大的瘟疫故事，只需要閱讀他的探險筆記就可以了。

關於葉森桿菌的故事。

漫長的行進

葉森二十九歲，想要忘卻科學，微生物學和研究都結束了，他的生活改變了。他選擇了大海，體會到海岸及鶴鳥穿梭帶來的幸福，清晨登船，船艦航行移動，在亞洲地區黃色緩和的波浪上傾聽夜間的歌聲。但這樣的生活兩年了，他也厭倦了。雖然他喜歡上水手精準的用詞，也喜歡另一位瑞士人桑德拉（Cendrars）將會在作品中描述的大海港熱烈氣氛，但他可不想像老好人佛羅德船長一樣，在駕駛座上年華老去。他向郵輪公司請辭獲准，這意味著他同時卸下了巴斯德研究院以及郵輪公司的工作。

不論在哪個公司，他可能都會被指責為穩定性不足的員工，他將結核病和白喉的研究工作全副拋諸腦後。他是巴斯德重點培養的子弟，也是一位出色的隨船醫師；他盡力了，人們不會苛責他。

在眼前的閒暇時光中，他離開西貢到芽莊居住，他先在沙洲村的漁人岬頭建造了一間木造小屋，並在那兒開了間像是診所的店。五醫師是當地第一位西方醫師，由於沒有收入，所以他一方面嘗試建立一套制度（雖然他不太相信運作得起來），向有能力負擔的權貴收取問診費用，另一方面則免費替窮人看診，不過他從來都無法真正區辨這兩種人。此外也重新開始他的步行訓練。

他在丘陵間步行好幾百公里，在毛族人的村莊居留，學一點他們的語言，跟在他們身邊打獵、行醫。他計劃有一天要組織一個疫苗巡迴隊。他向他們學習操作矛及弩，且教他們多功能瑞士刀有趣的使用方式做為回報。隔了很久之後，他才會回到芽莊。「我的安南病人在我回來時，從四面八方跑來。他們的確因為我的科學知識受益良多，為了付錢給我，他們還好心地把我的錢包帶走。你還能怎樣，他們視偷法國人的錢財為理所當然，不然法國人在中南半島幹什麼？還不是在偷取安南人的東西！」

在他的存款還沒完全蒸發前，他將資金投入採買器材，開始他第一次真正的遠征行動。繼海上旅行後，接著是林中的空地，他想要穿越叢林，登上更高的山峰。在毫不強迫他人的情況下，毛族人答應幫忙他，他們自願當他的導遊完成第一部分的路程。他遠離芽莊和南中國海的海岸，穿越山脈抵達湄公河的另一端，人們可能要過了很久才會再見到他，甚至再也見不到他。他帶了一名翻譯和五名男子啟程，胸膛披上皮肩帶，上頭繫了精密船鐘和經緯儀，背上揹了一把溫徹斯特霰彈槍，有機會的話他也想要打獵。他買了幾匹馬和兩頭大象，開始往西北方的道路前進。這一趟他們得走上三個小時。

這一次他筆直地走在前面，絕對不掉頭折返。他們先騎馬前進避開水蛭，把馬兒引到小徑上，直到沒有小徑可循，就放馬兒自由行走。隨著大象笨重的腳步，他們使用砍刀斬斷竹子和灌木林來開路；長久以來，就連毛族戰士也是到此就折返了。他身上爬滿連他父親都不認識的小蟲子，夜間他們喝點米酒當作活血藥，他們點燃了火堆，薰開蚊子，拿出笛子來。明天在一座村莊附近，跟曾自立為馬力一世亂槍掃射的馬黑納不同，他們會送藥用軟膏和奎寧給村民。之後，他們將工具和攝影器材小心翼翼地用防水布裝好，避免被雨水淋濕。他們熄掉營火，將重物搬到大象上面。他們一直朝著前方行進。不知名的土地上有凶猛的部落，那兒沒有小提琴也沒有亞歷山大體的詩作，他們跟著水手的羅盤前進，這才像是真正自由、自給自足的生活，他們披荊斬棘鑿路開墾，在未知的道路中不是自我追尋，就是去見上帝，這是個可笑的自我小謎題。在沃洲教堂的幽微陰影下，這還真是個他不知該如何解決的問題。

金邊

在穿越山口兩千公尺後，他們往下先經過寒帶針葉林，之後則是熱帶叢林，平原的底部是一片稻田，彷彿一幅碎裂的彩繪大玻璃。精疲力竭的健行者從芽莊出發三個月後，抵達上丁省附近的湄公河。葉森將大象和馬匹變賣，小隊人馬登上一艘狹長的獨木舟。為了使他的馬錶穩定測量，一路上他都走在隊伍前面，現在他終於可以坐下來，隨著寬廣翠綠的水波逐流。

曾經是庇吉河岸的地方，彎曲的船渠很久以前就被填滿了，成為一〇八號街，距離金塔山及法國區的皇家飯店不遠，離現在的巴斯德研究院及卡瑨特醫院也很近。但是當年葉森到那兒時，金邊只不過是一個小鎮。

經過三個月的行進，他向法國當局表明身分。柬埔寨的常駐公使韋爾內維爾（Louis Huyn de Verneville）舉辦了一場歡迎酒會，那當然是一個必須穿著正式服裝，在天花板的吊扇下方，與當地達官顯貴一起坐著用餐的晚宴。沃洲人無法認同這種矛盾的現象，推翻君主政體的法國人，在外交界和銀行界還殘留著逃亡貴族的嗜好，人人陷坐在牛皮沙發上。

葉森是第一個由陸路連接安南和柬埔寨的旅人。在高棉王國內唯一能夠連接兩地的是水路。穿著傳統服飾的管家奉上香檳，大家都在問他腳下踩過的那些不知名的路以及他遇到的野蠻男人與女人。但是當葉森願意打破沉默談話時，就如同他的信件一樣，內容非常科學。「只要情況允許，我就會測量方位：北極星的一系列高度可以計算出我所在的緯度，如此運作得非常好，因為不斷的觀測，所以結果很準確，我可以確定在緯度二十度左右。我的經度自然是依據馬錶，以盡量規律的步伐測得的：每次我都會檢查，所以必須在同一個地方住上好幾天，我發現經度常常維持在四度左右。」這種「實用的言論」*很快便使人感覺乏味，來賓聽不懂這個比浪漫主義還高深的文學，他們盯著吊扇的葉片或是上蠟的鞋尖，再喝一點香檳或抽起一根菸來。從高大的窗戶上，他們看到金色的洞里薩湖與湄公河匯集在一起，身著橘色長袍的和尚隊伍爬上金塔山的寶塔。葉森自己也開始覺得無聊，晚餐過後就差不多宣告結束了，大家直接喝起苦艾酒，放棄再辦一場舞會慶祝他探險成功的念頭。

葉森毫不在乎，而且也感到不耐煩。他不懂為何大家要為他鼓掌、恭賀他，這跟研究白喉一樣簡單，只要觀察與行走，讓屁股擡離牛皮沙發就可以了。大家知道，數學家常常對周遭的人無法解決只不過是一元三次方程式的問題而大感訝異，這種打從心裡的訝異常被人當成是自大狂，其實那只不過是一種天真的表現，這些天才驚訝地發現並非人人與之平等，這點與共和國的基本精神有所抵觸，人們更應該接受並非每個人都能在十秒內跑完百米，那些記憶力超強的人在面對他人健忘而展現不快時，應該要記得人們本來就很健忘。

葉森與他的小隊搭乘小船由湄公河三角洲抵達西貢，他撰寫報告，記錄他的地理學和人類學觀察，依據他在芽莊小屋沖洗出的近一百五十張照片繪圖。他仔細描繪行經地區的地圖，將它們寄到寮國的龍坡邦，這些資料被附在巴維任務（La Mission Pavie）†的紀錄裡，文章於是被送往巴黎。人們收到的不是美麗的風景圖，而是巴斯德式的精準摘要，以及葉森對江詩丹頓瑞士馬錶及氣壓計的稱頌，那氣壓計還是被「馬尼拉觀測站檢驗過」的。

對通俗雜誌像是《環遊世界》而言，他的敘述太過科學了，既沒有打老虎，也沒有懶洋洋且雙峰突出的原住民公主。雖然沒有進一步描述細節，大都會的報紙卻將他的歷險視為壯舉，他們邀請葉森前往巴黎。巴斯德堅持空出他在研究院的房間，讓葉森重回研究院的懷抱。當時還沒有路特西亞飯店。法國地理學會的雜誌刊登了他的歷險報告，五年前他們才刊載過韓波在非洲的探險，那份奧加登報告，也就是今天衣索比亞的歐加登。在聖日耳曼大道上，葉森穿過地理學會的大門，大門兩旁的兩尊女像柱一位手持陸地，另一名捧著海洋。

杜朵街和莫札欽街的那一小幫人參加了他的會議，巴斯德的研究人員——包括胡在內——吹熄了本生燈，將白袍掛在接待室的掛勾上，還有地理探險家，包括奧古斯都．巴維本人，剛從寮國回來，當時他是龍坡邦的副領事。大家對這位年輕人的天分，嘖嘖稱奇。葉森也與幾個小團隊見了面，像是保羅．傑可夫（Paul Gégauff），他在下個世紀會將新浪潮及新小說連結起來。記者為了讓他們的報紙更加暢銷，總是帶點諷刺漫畫家及面相術士的味道，他們對葉森的長相非常好奇。結果卻頗令他們失望，葉森既沒有瘋狂科學家的腦袋，也沒有好鬥之士的嘴臉。他只是一名神色安靜、堅定的年輕男子，有著清澈的藍色眼睛，修剪得整整齊齊的鬍子。「晚間我在巴斯德家用餐，他興致勃勃地聽著我的旅遊故事。」當時的門房梅斯特，很年輕，只有十六歲，幫他開門取下外套。

葉森在巴黎待了三個月，並且報名了蒙蘇喜觀測所的課程。沒有收入的他，為了下一次的遠征，開始尋找支持者和贊助者。他不想加入巴維任務，他知道凱撒的名言，寧可在芽莊當老大，也不要在龍坡邦當老二。他再次尋求巴斯德的支持，巴斯德的第二封推薦信比第一封寫給郵輪公司的信還要熱烈：「葉森博士請我幫忙撰寫推薦信，支持他向外交部長尋求贊助，我滿懷著信心和熱情為他寫這封推薦信。葉森博士在巴斯德研究院工作的兩年期間，成果豐碩。他與胡博士一起發表了一流的白喉研究論文，他淵博的醫學知識使他名符其實地足以擔任優秀的醫師，他若繼續從事學術工作將前途無量。但在閱讀大量文章後，他突然深深地被一股熱切的旅行慾望所吸引，說什麼也無法留在我們身邊。我確信葉森博士是一個認真、面臨任何考驗都能保持正直原則的人，他具有無比的勇氣，優點明確且不計其數，總之是一個能使國家感到光榮的人。另外，隨信附上他最近在湄公河旅行的一篇報告，只有閱讀這篇報告才足以立即證明葉森博士有資質成為優秀的旅遊者及探險家。」

他希望這封信能替他爭取到一筆可觀的經費，但最後只收到微薄的資助。

這是他到海上之後第一次回到歐洲，在這趟旅行中，葉森到莫爾日探視法妮，他用那筆錢購買器材，買了一個新的江詩丹頓馬錶、靜電計以及好幾個溫度計，還在梅爾公司買了兩把獵槍和一批子彈。在無花果莊園花團錦簇的小客廳裡，他坐在本地新聞版的編輯之間，在法妮及女孩面前打開他的探險筆記，閱讀筆記很快便令人厭煩起來，他們想要看圖片，葉森向他們展示毛族女人的相片，法妮一看趕緊用圍裙蓋起來，女孩們害臊得面紅耳赤。結果，法妮的亞歷山大、那個自由福音教會唱詩班的小團員，現在竟然敢去拍攝一絲不掛的女土著！

＊ 實用的言論（useful poetry）是法國詩人何內・夏爾（René Char）的主張。

† 巴維著作，一共十冊，對於東南亞地區，如柬埔寨、寮國、曼谷等地的自然人文的田野調查。

另一位李文斯頓

從此以後，葉森就離不開探險與土地測量的生活。總督資助他進行勘測，在西貢的辦公室內，他傾身看著這些謎樣的安南、東京和寮國的波特蘭航海地圖，手裡拿著鉛筆。他們占領了這個國家，卻對它毫無所悉。羅馬的軍官在阿萊西亞戰役之後，站在高盧與日耳曼的草圖前面，自問哪裡能找到礦石，哪裡可能會有黃金，哪裡能建設城市，哪裡能駐紮軍隊。他們就跟我們一樣，與所有占領者一樣，是看著色彩繽紛的地圖做夢的小孩，以為世界長得就像雅樂甘*的格子外套。葉森從金邊回來後又去了趟巴黎，他在地理學會的圖書館查了手稿，翻閱了一些傳教士留下的奇幻故事，想像未來的遠征旅行。當然，就像水手的航海生涯一樣，他也有些想念細菌學，但他的好奇心包羅萬象。

兩年內他完成了任務，政府提供器材、人力、資金和武器供他使用。相對的，他們要求葉森研究所經之路，以便開通新的貿易路線，也要求他指出適合畜牧業的地點，清查森林以及礦產資源。這是聖西門[†]提升全球財富的點子。有一天，也得要發明輪胎、半拖曳的懸吊卡車，以便加快木材開墾的速度。當時還是人類設法主宰及主導自然的時代，自然界還不是一位需要保護的老婦人，而是一個必須征服的可怕敵人。

夜晚露營時，他將地圖放在膝上，標出雨季時會爆發土石流而必須跨橋而過的溪流。他抵達占城的村落，穿越占族的古老文明遺跡，在高棉人與安南人入侵前，占族其實是馬來族的後代。所有的侵略者（若將他們當成當地的始祖）最後往往也以被入侵收場。在這兩年，葉森領略清晨的寒冷，山頂的冷冽，夜晚則在叢林中，在火堆中間紮營避開猛獸，在草原上冒著罹患瘧疾的危險打獵，在潮濕的雨水下冷得發高燒。人們一邊閒談一邊喝米酒，戴上護身符，在前臂劃刀留下交織的血，這些活動不怎麼巴斯德，不過，葉森帶了神奇的產品和卡瑁特在西貢加工製成的巴斯德滅菌劑。

探險行動隊成形了：有大象和上了鞍的小馬，還有途中要烤來吃的牛、幾籠子的家禽以及挑夫和探路員。在森林的林冠下蜿蜒行進的隊伍，有時多達八十人。在葉森的一張自拍相片中，他戴著大草帽，身著高領的中式外套。他撥開前面的棕櫚葉，暫時停下腳步，在三腳架上放了一個上漆的木頭方盒。停！定格！我們仔細描述一下他身上的材質：衣服用的植物纖維、器材用的鐵和玻璃、皮革、肩帶和腰帶會用到的動物皮革，這些打從上古時代就廣泛使用的東西，當然還有馬和大象，沒有任何塑膠或人造纖維製品。繼續吧！葉森重啟腳步，身後的棕櫚葉簾又蓋了起來。

在第二次遠征中，他們登上一座布滿針葉林的高山，在超過一千公尺的高度及寒冷中，一個寬闊的綠色高地在眼前展開直達地平線的盡頭，中間流著一條河流，貌似瑞士泉水小鎮的景色。葉森在他歸來時回憶，「那畫面好像一片海水被綠色波動的巨浪翻滾著！」

他發現了浪平高原（Lang Bian）。

四年後，保羅．杜梅（Paul Doumer），新上任的總督在讀過葉森的報告後想出一個點子，他計劃在印度支那建立一個高山休息站，接待疲憊的墾荒者和罹患瘧疾的旅人，那會是一間休息站和療養院。兩名男子，由一小隊人馬陪伴登峰。

保羅．杜梅身著黑色大衣，他是第三共和及民主平等體制下的公僕代表，他由寡母靠著幫人打掃撫養長大，從一無所有到成為工人，後來又成為教師及民意代表。他加入激進的左派行列，支持科學及衛生的發展，他決定在涼爽的浪平高原建立一個美麗的高山村落。

這兩人，莫爾日的孤兒和歐里雅克的孤兒，他們的友誼一直延續到杜梅過世前。

他們的友誼維持很久，因為杜梅的職業生涯十分長遠，並且輝煌騰達。他在擔任共和國的總統時，於一九三二年遭一名俄羅斯移民帕維．葛路洛夫（Pavel Gorguloff）開數槍刺殺身亡。這是繼卡瑁特的哥哥在《費加洛報》辦公室和饒勒斯在酒館遇刺多年後，又一起謀殺事件，這些都是骯髒的政治謀殺案件。

---

* 雅樂甘（Arlequin）是義大利藝術中的典型丑角，以布滿彩色菱形圖案的衣服為特色。

† 克勞德，昂列，聖西門（Claude Henri de Rouvroy, comte de Saint-Simon），法國哲學家、經濟學家、社會學家，他設想未來的理想制度是一種實業制度，社會應當運用科學、藝術等知識來滿足人們的需要，甚至為無業階級建立實業制度。

大叻市

四十年後，大約是一九三〇年代中期，也就是杜梅遇刺身亡後三年，葉森依然還活著，只是他到大叻市去了。

湖邊座落著諾曼地式和比亞里茨式*的別墅，丘陵上還有薩瓦的小木屋。就像地納一樣花團錦簇，百子蓮、金蓮花以及繡球花。鐵路攀向未被侵犯的高原，那兒只有一座車站，好像多維爾†的翻版，也像是剛果的黑角。巴斯德研究院在那兒經營一間醫院，修女在新蓋的修道院做早課及頌讚經文，鳥群修道院，以及一間有好幾百名學生的高中，浪平高原的發現者——年邁的葉森接受以他的名字為高中命名。

新總督在浪平宮廷飯店的大廳舉辦了酒會，飯店置身在植有香柏、松樹和南洋杉的公園中，綠樹沿著緩坡直到河岸。保大帝[‡]的夏日寢宮就在旁邊，當他不在摩納哥的賭場時，就會來此地小住，他藉此機會參加了老葉森的大十字安南大南朝龍星動章慶祝儀式。

坐在上了漆的圓形櫃檯旁，面對飯店的圖書館，另一邊是大理石石柱，未來的鬼魂聽著虛位皇帝演講，他身著白色套裝搭配鯖魚般的雙色鞋子。壁爐內燃起熊熊火焰，繡毯、鍍金、窗簾及中式瓷瓶：這一切都是用齒軌火車從岸邊運到山上來的，鐵道還帶來了官員代表及記者，未來的鬼魂也趁機混了進來。

大叻市的葉森高中於一九三五年開幕，那年葉森七十二歲，我們找到當時跟著他探險的老毛族人，那時這不過是一片綠草和獵獸的場域。葉森一身黑色衣裝，圍上金龍色及紅色的圍巾，在保大皇帝、法國當局以及對他阿諛奉承的安南人面前，因為無法說出內心的感受而侷促不安。他比較喜歡從前的高原，綠草的巨浪，他有點後悔發現了浪平高原，或者說將這地方告訴他的朋友杜梅，這座高原應該留給高山的居民。

他讀著獻給總督及皇帝的致謝詞，私下卻一點都不這麼想。葉森成為煽動者時，他讚頌科學的進步，但年歲漸長，懷鄉的情緒席捲而來。水晶燈光下的鋼琴旁，老人戴了一條紅色及金色的圍巾，藍色的眼睛望向藍色的湖水，莫爾日和無花果莊園的影像瞬間浮現眼前，他想起杜梅因為政治因素身亡。一九三〇年間，歐洲再一次瀕臨戰爭，在這兒，人們假裝沒這回事兒，人們在無憂無慮的度假聖地，在松林美景下鼓掌、舉起香檳酒杯。葉森寫信給卡瑁特：「我發現大叻市變了，變成一個世俗的城市，你瞭解我為何要質疑，我一點都不樂見這種非做不可的進步。」

他偏愛十幾公里遠的坦基亞毛族人部落，「那裡有一大片綠草如茵的山丘，還有遠在天際的森林，座落於最高的山脊上，這個畫面奇異地使我想起阿爾卑斯山和侏羅山上的牧場。」葉森回想起第一次穿越浪平高原時，就像在做夢一樣，高大且野蠻的雜草，一片綠色的綿長波浪。當時他還不到三十歲。如果就這樣死去，就好像韓波沒有寫下《靈光集》（*Les Illuminations*）一樣，如果當時他被強盜圖克劫殺，他的一生就會如此被節錄到醫學史和地理史中：發現白喉毒素，在兔子身上找到一種實驗型的肺結核病菌；開發一條從安南至柬埔寨的道路，找到一塊美麗的小角落建立亞洲的瑞士泉水小鎮。

未來的鬼魂將一切記錄在鼴鼠皮套的筆記本，打從莫爾日起他就追隨葉森，南下來到馬堡的儲森，然後到巴黎的路特西亞，金邊的皇家飯店和西貢的馬捷斯旅館，現在則到了大叻市的浪平宮廷飯店，他心裡其實很開心能夠尾隨這名男子進入這些高規格的地方。這天下午，他走到湖邊。自從一九三〇年代起，這城市在翠綠的高原上從無到有。大叻市從主人到居民全都變了，不變的只有背景裝飾，不是法國諾曼地地區巴尼奧萊德洛爾恩的風格，就是巴斯克地區卡波班的樣子。在越南三十年的戰爭中，這裡就像是鴨子羽毛上的水一般輕輕掠過，距離戰爭非常遙遠。未來的鬼魂混入一群從河內或西貢搭火車前來參加葉森高中啟用典禮的記者，這名抄寫員在上漆的木頭櫃檯上掀開筆記，將這一切記錄下來。沒有人認出他來，他說是《巴黎晚報》的特派員，人們向他詢問大都會的消息，關於德尚·嘉賓（De Jean Gabin）或是阿爾萊蒂（Arletty）§的新聞，人民陣線¶明年是否還會獲勝，他支支吾吾地搪塞過去。

未來的鬼魂沒有露出馬腳，他的穿著毫無時空限制，亞麻褲、白襯衫及藍領帶，腳上穿著上好的英式皮鞋。他瞭解當前的狀況，彷彿像是他讀了過去的舊報紙檔案一樣。他知道科學及技術的進步，他沒有使用新創造的法文字，他是滲透到一九三〇年的絕佳特務。不過他還是從口袋掏出了萬寶路香菸，雖然他知道當時還沒有這個牌子。或許，因為過度自信，或許因為酒精作祟，他忘記關掉手機，而且還接了電話。

他的高腳凳四周很快便聚集了一群人，引起一陣騷動，人們叫來警察，指控他是印度支那共產黨的間諜，此黨五年前由胡志明創立。皇帝的貼身保鏢將他團團圍住，這些帝國主義的奴僕，他們忘了年邁的探險家及他那龍形圖騰的圍巾。在警察局裡，狀況更糟，未來的鬼魂承認、解釋、胡言亂語，他甚至預言四年後會發生世界大戰，日本和法國都會加入，反叛軍的領袖武元甲將軍**就在浪平宮廷飯店的套房裡，奠邊府††和胡志明市的勝利，越南戰爭和美軍戰敗，蘇維埃政權的來臨，人們將他綁起來打了一針，接著穿上精神病患的囚衣，你這傢伙恐怕再也見不到巴拿門‡‡了！

---

* 比亞里茨位於法國西南部庇里牛斯—大西洋省、比斯開灣沿岸的市鎮，以度假療養聞名。

† 多維爾（Deauville）是法國著名的海邊休閒小城，有各式豪華的設施及高級的展示活動。

‡ 保大帝（1913—1997）是越南最後一位皇帝。

§ 德尚・嘉賓（De Jean Gabin）及阿爾萊蒂（Arletty）都是當時法國的大明星。

¶ 人民陣線（le Front populaire）是法國在兩次大戰期間的左翼聯盟，包括法國共產黨、工人國際法國支部及激進黨。一九三六年人民陣在眾議院大選當中獲勝。

** 武元甲將軍（1911—2013）是越南著名的軍事統帥，在一九四六與一九五三年間加入抗法戰爭，成功帶領越南擊退法軍，隨後又在越戰中，以游擊隊戰術，擊退美軍。

†† 奠邊府戰役是法國與越南的最後一場戰役，該戰役發生於一九五四年。作戰一方為武元甲手下的越盟軍隊，另一方為法國空降兵及法國外籍兵團。

‡‡ 巴拿門（Paname）是巴黎及其郊區的別名。起源於二十世紀初巴黎風雅人士流行的稻草織成的帽子（Paname），以及法國第三共和下的巴拿馬運河醜聞（Panama）。

亞瑟及亞歷山大

手機沒響，鬼魂上樓回到套房。他將獅子腳形的鐵製浴缸注滿水，解開領帶，打開黃銅製的風扇。桌上有一本雷歐納爾多・夏俠（Leonardo Sciascia）的書，裡頭有這麼一句話：「我們都知道，科學，就像詩句一樣，距離瘋狂只有一線之間。」

筆記散落在床上，兩封給兩位母親維塔莉及法妮的信，還有兩封給姊妹，伊莎貝爾和愛蜜麗的信。信件都寫得很匆促，裡面不外乎是啟程、離開、買一匹馬或是下訂單、六分儀、經緯儀、無液氣壓計、機器的使用、土方工程的作業手冊、礦物學、三角學、水力學、天文學和化學，其中一位的收藏成為安南最大的科學圖書館，另一位則擁有阿比西尼亞帝國最豐富的科學藏書。鬼魂也許可以寫出這兩個人的生命對照，其中一位壽長如山，另一位則如曇花一現。*

浪平宮廷飯店是一座時光靜止的孤島，今日成了大叻宮廷飯店。看不出來這裡經歷過由資本主義過度到共產主義的轉變。也許在獨立後，沒人敢將其更名為胡志明皇宮，那位大半輩子在險惡環境下紮營的人，人們也不會將其更名為武元甲皇宮，他與法國交涉時的確曾在此居留。

生鏽的黃銅水龍頭，馬上就要滿一百歲了，依然老當益壯，波斯地毯在物換星移中依舊完好。未來的鬼魂躺在熱水裡，點了一支菸，聽見風掃過園中樹林的聲音。現在地球上有七十億人口，二十世紀初時還不到二十億。自從有人類起，估計總共有八十億的人口生與死，數量不多。有個計算方式很簡單：如果每人一輩子記錄十個人的一生，那麼就不會有任何一個人被遺忘，沒有人會被抹滅，每個人都能名留後世，這將很公道。

立碑不過是一座墳，而描寫人的一生就像照著樂譜演奏小提琴一樣。一位生於第二帝國卒於第二次世界大戰，另一位則在三十七歲時落馬身亡。兩人同樣熱愛知識與旅行，一位離開了巴斯德幫，另一位則從帕拿斯幫出走。他們喜愛陽光、海上的航行、植物和攝影。「我剛在里昂訂了一部照相機，使我能夠在這作品中加入異鄉的景致。」一本是關於奧羅莫族的怪異相簿，一本是葉森對毛族的紀錄。這兩個人在世界的兩端，每五分鐘就冒出一個新點子，一個進口敘利亞騾子到衣索比亞、一個進口諾曼地母牛到印度支那。一個在科學上探險，「新興的貴族！進步。整個世界都在向前行進！」[†] 一個喜歡數學，三角形的各角總和等於一百八十度。詩句也該如此科學。在剛剛寫給法妮的信最末，他用了亞歷山大體。在最後一句中或許能將所有動詞以原型形式一一排列出來。他這輩子沒什麼事做不到……

當葉森準備遠征時，有人在衣索比亞德雷達瓦墜馬，希臘友人宜哈斯記錄韓波「膝蓋脫臼並被含羞草劃傷」。他們有許多共同點，孤獨、渴望遠行、走在隊伍前端、比缺席的父親更有成就。不論在科學或在地理上，他們都比未曾蒙面的父親走得更遠。一位在莫爾日的閣樓裡找到顯微鏡和手術刀，另一位則在羅斯的閣樓找到《可蘭經》和阿拉伯文法。韓波領隊的撒哈拉小隊更進一步，開闢了衣索比亞東北的安多多峰到哈拉的通道；葉森也比火藥總管更能幹，開通了芽莊到金邊的道路。對從未離開瑞士或亞登的母親及姊妹描述那嚴酷的熱氣和饑渴，捨去名字，他們粗率地簽下與父親同名的姓氏——韓波和葉森。

若沒有發現鼠疫桿菌，到了蓋棺論定的時刻，他也許會像眾多探險家一樣沒沒無聞。就像在童話故事中，指尖被扎到一樣。小說般可笑的人生總是如此，人不是治療瘟疫就是死於壞疽病。

* 一位指葉森，另一位指韓波。

† 此篇均是葉森與韓波的對照，其中「新興的貴族！進步。」出自韓波詩集《地獄裡的一季》（*Une saison en enfer*）裡的「壞痞子」（Mauvais sang）一詩。

前進色登

如果被針扎傷或被含羞草刺傷的傷口會導致死亡，那麼胸膛上被矛穿刺出的紅色大開口則是一條被開鑿出的寬廣隧道，會湧進幾百萬微生物。葉森的醫學及外科知識在與圖克搏鬥中救了自己一命。在那種生存情況下，極少人得以避免極其暴力的處境。

如果在這些年的探險生涯中，長期替村民治療、為孩童注射疫苗的行為使葉森與他心目中的和平英雄李文斯頓得以相提並論，那麼他不肯妥協及易怒的性格有時則與愛吵架的史丹利較為接近。葉森會以火力對抗強盜或是人稱之為海盜、大路上的盜匪。這幫人後來甚至發展出反抗殖民國的游擊隊，做出類似曼德林或藍比歐*的行徑。

這次是圖克，他是掠奪及搶劫幫派的首腦，帶領了五十多名被控謀殺的越獄者來到鄉下，這些遭懸賞通緝的人天不怕地不怕，他們從部落那兒搶了一些槍械、矛和短刀。葉森有一晚到毛族朋友的住處，走進一個遭掠奪的村莊，茅屋還在冒煙。生還者告訴他強盜往樹林的方向走，幾名較為勇敢的人跟著他行動，他們想要趁夜暗中追擊。圖克一幫人因為掠奪來的稻米很重導致馱獸步伐緩慢，速度受到拖累，他們以為沒有武器的少數民族的農民絕對不敢前來環境險惡的森林與他們纏鬥，便稍事歇息，燃火清點戰利品。葉森用左輪手槍瞄準敵人，樹枝間大火照亮幽暗的場景。圖克縱身一跳閃過子彈，葉森則被狼牙棒猛力一揮打斷小腿腓骨。他想要自保但人已經跌落在地，一陣大刀揮動，左手的大拇指被削去大半。圖克將矛插入葉森胸膛，一幫人隨即逃之夭夭，將他留在那兒等死。對於沒有巴斯德神奇藥品的強盜而言，這是很普遍的做法。

葉森的人馬找到他時，他倒臥在鮮紅的血泊中，在熄滅的火堆旁，他倒是意識清醒。他被一根矛給刺穿了，就像是一隻昆蟲被釘在厚紙板上。這次的歷險很快便結束了，也許他也將一命嗚呼，螞蟻和小蟲在染紅的土地上飲血。探險家的生命有時在傳記的前面幾頁就停了，獨留一個紅色的洞窟在胸前。在卡地納街的露臺上喝著苦艾酒和甜醋栗酒，翻閱殖民小報的文章，探險家的生涯也許會以這樣的標題終結：「白喉毒素的發現者在毛族地區被矛刺穿身亡。」

葉森失血過多，他知道他的時間寶貴，他直接指揮開刀。在他的建議下，他們沒有立即將矛拔出來，而是先切開傷口周圍的肌肉，之後才慢慢將尖物拔出，避免傷害肋骨，同時消毒傷口，在受傷處消炎，接著在他的胸前緊緊繫上一條綳帶，另一條則纏繞在手上，斷掉的腿用一個夾板夾緊。他們讓葉森躺在藤木及竹子做成的擔架，幾名壯丁將他扛在肩膀上，過了好幾天終於抵達藩朗（Phan Rang）。那兒最好有個患有廣場恐懼症的電報員，獨自在一間小屋內，坐在柱子和懸掛成一團的黑色電線下面，他們去電通知在西貢的卡瑁特要再多準備一些藥。葉森慢慢地好起來，他的傳記又能繼續寫下去了。受傷而動彈不得的葉森，頭幾天就又重拾寫筆記的習慣。「總之，這件事情對我來說就是失去一把手槍及左輪槍，我不認為其他人會當一回事：總督對這起南邊的叛亂事件感到煩惱，他總是高調地說安南絕對是個和平的地方，所以他會讓這事平息下去，必要的話甚至會否認這起事件。我不會後悔我的所作所為，因為我很清楚這是我的責任。」

傷口癒合後，葉森無法克制自己，他開始學習電報站的操作方式。由於腳打了石膏，所以他們把他載到西貢去寫報告、畫地圖、指出可行的開鑿路徑、整理潦草書寫的筆記。正在康復的病人閱讀科技期刊，還寫信到法國訂購新器材。當他可以旅行時，他搭著由小馬拉動的維多利亞敞篷馬車到港口，被人們攙扶下車，葉森將拐杖放在西貢號的小艙間，他在這艘要開往海防的船上與職務接替者見面，現在是這人穿著白色五條金色飾帶制服了。他在第一個停靠岸下船回到他的天堂芽莊，他離開老舊的郵輪，前往他在漁人岬頭的小木屋。他在暗房中一跛一跛地沖洗照片，開始準備下次的遠征，這是地圖上最長、也是最具野心的路線，先往正北方，然後朝西邊去。他想要開發越南東京與寮國的另一條路線，而不是照著巴維的路線經過奠邊府。他寫了一封信給法妮：「麻煩轉告梅爾，幫我寄新的武器來，收到後我會寄錢付款。」

就在他要離開之前，他得知圖克被捕，他想要讓法妮安心，事實上可能反而讓她更擔心：「我明天就要出發到內陸去，我想先跟妳說一聲，我的手已經完全康復，腿也痊癒了。所以我的狀況絕佳，可以繼續旅行了。今天圖克被斬首示眾，我在那兒看了一會兒，真的很可怕，刀砍了第四次，他的頭才應聲倒地，圖克甚至一動都不動地被斬，這些安南人到死都超乎意料地冷靜。」

那年，正逢法國大革命「恐怖統治」一百年，革命時掉到籃子底的腦袋還真不少，人們可不想再用第二座鐵塔來紀念。這年法國海軍在巴維的要求下離開西貢到曼谷建立碉堡，巴維已高升為「邊界指揮官」。葉森不想冒險成為外交官，這些政治上的骯髒事！他毫不回頭地前往色登，再次穿越森林及空地，煙霧迷濛的松樹林，途中經過無數個蟻丘，每個都由幾百萬隻螞蟻組成，距離不超過一公尺，這些螞蟻使農人不得不讓道、甚至遷村。引領的隊伍及駝鞍的動物沿著峭壁旁的小路攀爬，越過洪流。葉森與傑拉斯（Guerlach）神父騎馬並行，神父剛完成這個地區第一份人類學及地誌學的數據資料，記載著狩獵採集者的信仰和方言。他懷抱著微薄的希望，盼望能夠拯救他們的靈魂，而不是像過去一樣成效不彰地想要奴役他們，馬黑納之前就在這兒成為馬力一世。

色登的巢穴跟老鷹一樣在高山頂上，被高聳的柵欄保護著。在認出是傑拉斯神父之後，用滑輪操作的門打開了，大夥友善致意，交換東西、一起跳舞、一起用餐。葉森在廣場中央打開科學儀器，他張開雙腿、眼睛朝向天空測量經度及緯度，晚上尋找北極星並用氣壓計測量高度。神父拿出十字架和香爐做彌撒、嘟噥呢喃，他雙手朝上帝展開，好像他的上帝離北極星不遠似的。色登人頭一次遇到比他們更野蠻的人，他們看著神父的可笑儀式捧腹大笑、互相嬉笑拍打大腿，在一旁的巫師惱怒不已，但將來肯定不會錯過在他們自己的儀式中加入一些不同的表演。城牆高處，戰士揮舞著覆上一層犀牛皮的盾牌，他們揮動矛和盾，不斷叫嚷著，祝福白人歸途順利。一行人下山回到山脈的另一邊——寮國的阿速坡省，這次令村民大開眼界的是：竟然有被馴養並套上鞍座的馬。

探險家走下緩坡，叢林一直延伸至湄公河畔。他們已經行進好幾個月了。他們靜靜地向前行，整個路程令人疲憊不堪。腳下是黃色和綠色，綠寶石及鍍金似的顏色。樹枝間可以看見檸檬色的大太陽和在陣雨中顫動的大片棕櫚葉。蛇、青蛙和守護山林的小生物逃走了，紅色的長尾鸚鵡也嘎嘎地飛走了。他們朝向北邊再次穿越隘口，然後朝東，往南中國海前進抵達峴港，再到河內市。那兩位人類學家，一位是天主教徒、另一位是不可知論者，要在河內分別將他們重要的報告交給主教和政府。他們將色登人送給他們的敵人頭顱、骨頭以及任務期間收集的象牙用筆墨編號，裝了好幾箱有民族學意義的小玩意送到巴黎的人類博物館。

這就像是下船前在休息室寫日誌簽名一樣。對葉森而言，並沒有太大不同，只是比航海更令人振奮。他一點都不累，他準備搭乘郵輪回到芽莊。

不過對他來說，漫長的行進旅程結束了，冗長的雨中騎馬，山巒的速寫，糞便及潮濕的皮革氣味，紮營時在火上烤肉，接近村落時狗兒的叫聲。當時他還未料到，他再也不會去探險了。總督那兒有一封卡瑁特的信正等著他，通知他西貢有電報。胡與巴斯德要他盡速前往香港，瘟疫的大禍患爆發了。葉森蓋上最後的探險日誌，裡面的筆墨都還潮濕未乾。

抖動而蒼老的手、帶有斑點而裂開的拇指，將最後一本探險日誌闔上，筆墨乾了，顏色也退了。書寫的風格也老舊了，帶有維達爾．白蘭士（Vidal de la Blanche）[†]的味道。葉森在他淡藍色的眼睛前戴上眼鏡，就在一九四〇年的夏天，他回到了芽莊。他將自己關在高大的拱廊房中，這房子已經取代了簡陋的小木屋，這棟理性的立方體，有三百平方公尺大，還有一個樓梯直通頂樓露臺，那兒有個天文觀測臺。五醫師已經七十七歲了。兩個月前他從歐洲搭乘小白鯨回來後，重新按照順序重讀了自己的筆記，彷彿他還在叢林或還在色登。現在他的腳已經無法承受重量了，晚上他坐在陽臺的搖椅，面對著能撫慰人之辛勞的廣闊海洋。

兩個月來，他閱讀著舊筆記，脫離了歷史的現況，與圖克戰鬥的紀錄喚起他零星痛苦的回憶，在樹下等死的時刻以及樹叢中閃爍的火花。他脫下襯衫查看傷口，說服自己這一切命中注定，他不再有勇氣與興致寫回憶錄了。至今為止，他是唯一記得這事件的人，而且會永遠記得。不過這無妨，比起他發表的大量作品，他與法妮和愛蜜麗之間的信件往來，更能讓我們瞭解他的生活。她們沒有遺漏任何一封信。在葉森的姊姊過世後，所有信件被發現都塞在一張小圓桌的抽屜中，所有的信都一筆呵成、一字不刪地寫完，簽上他的姓氏葉森，他從來沒有簽過與父親相同的名字亞歷山大，只是偶爾會諷刺地寫下五博士做為結尾。不過一九四〇年的夏天，葉森忘了簽名，他感覺生命在消逝無痕，每晚，他用短波收聽全球廣播。一九四〇年的夏天，世界大亂。

維琪政府任命德顧（Decoux）為法屬印度支那總督，他曾是率領法國遠東海軍的司令官。這裡就跟巴黎一樣，禁止收聽英國廣播，這令葉森很困擾。他知道年輕人在六月時接受這位兩公尺高的怪將軍感召，戰前這位將軍還曾住在路特西亞飯店。他聽到德國人的統戰廣播及勝利時的呼喊聲。這又是一次與德國的戰役，再經歷一次幾百萬人的死傷，德國才會戰敗，就像天眼通韓波預測的一樣。韓波十五歲時，在色當及第二帝國崩潰前就預料到了。納粹應該讀讀年輕預言家寫的：「鐵血與瘋狂的行政風格將使整個德國社會變成一座大軍營，所有的德國思想亦將會在他國結盟中毀滅。」

戴高樂將軍在倫敦發表演說後第五天，身穿黑灰色的獨裁者維妙維肖地模仿卓別林在布傑機場降落，那是星期天的清晨五點。元首早在進攻之前就預定了這趟旅行，因此戈林（Göring）的斯圖卡斯俯衝轟炸機放過了布傑機場，讓法國航空最後一次航程中的小白鯨飛走。收音機中，德國廣播員用興奮的口吻描述三臺賓士敞篷車出發的畫面。這些車子在六月的黎明破曉時分，在柔和的光線下抵達巴黎，一群攝影師和電影製片尾隨在後。身著黑灰色衣服的獨裁者由他的建築師亞伯・史皮（Albert Speer）陪同到達巴黎。他想讓柏林變得比巴黎更好，他們飛快地參觀了歌劇院、馬德蓮教堂、協和廣場、香榭大道、艾菲爾鐵塔、托卡德侯宮。他第一次到巴黎，在《我的奮鬥》一書，他提到個人的繪畫天分，「我的繪圖天分領先群倫，尤其在建築的領域。」

這種對藝術的迷戀倒不是要拿來與葉森輕視文學與繪畫等藝術的傾向形成調和的狀態，好像希特勒跟戈林發動世界大戰就是為了豐富他們的收藏並對畫作爭論不休一樣。葉森想著，如果年輕的巴斯德沒有成為化學家，而是成為肖像畫家，如他年幼時在侏羅省所懷想的計畫。藝術家巴斯德即使投入科學研究的領域，還是會繼續在巴黎的美術學院任教。

一九四〇年的夏天，就在葉森離開後不久，第一批德軍來到了巴斯德研究院，他們要求到地下室參觀巴斯德長眠的小教堂。老門房梅斯特，也就是第一位從狂犬病痊癒的那位病人阻擋他們，但被德軍推倒、趕走，軍官們進到了小教堂。老阿爾薩斯人最後在門房室中，用一九一四年大戰中取得的手槍自盡。

葉森由德軍的廣播中得知，德軍的旗幟在路特西亞的頂樓露臺上飄揚，那就在葉森住過的六樓邊間上方。飯店被德軍的反間諜機構占領，為軍隊提供情報服務。穿著黑灰色衣服的軍官圍坐在鋼琴旁，喝乾了窖藏的白蘭地。在法國之役後，緊接著是英國被戈林的戰鬥機猛力轟炸，這位藝術愛好者瞞著希特勒，另派人員到被占領的城市，搬走他專屬的藝術史家鑑別過的作品。

希特勒造訪巴黎兩個月後，托洛茨基於八月二十日在墨西哥的巢穴中遇刺身亡，這場刺殺是史達林聯合希特勒，希特勒再聯合日本人設計的。這個以全球為向度的拼圖遊戲已一一到位。十天後，八月三十日，日軍在越南東京登陸，占領了海防及河內。軍官將大刀放在大都會飯店的矮桌上，把庫存的白蘭地喝得精光。印度支那被攻陷了。葉森坐在搖椅上面對著海，等待憲兵隊來他家駐紮，他大而方正的房子將被當作芽莊的司令部，他們可不會在這兒找到任何一瓶白蘭地。

這些，已經是葉森與日本人的陳年舊帳了。

* 曼德林（Louis Mandrin），法國十八世紀的強盜，有法國的羅賓漢之稱。藍比歐（Lampião）則為巴西東北的土匪領袖，綽號油燈。

† 維達爾・白蘭士（Paul Vidal de la Blanche, 1845—1918），法國地理學家，法國近代地理學奠基者。

香港

老人闔上老舊的筆記本，看見自己回到河內，身上仍穿著從色登探險歸來時的衣服，綠色帆布夾克及配掛工具的肩帶。葉森向傑拉斯神父暫別，他已經三十一歲了。他南下西貢，閱讀胡的電報，自從地理學會的會議後，他就沒再見過胡了。來了好幾封電報，巴斯德與胡像在咆哮一樣，一直以信件轟炸政府當局。巴斯德幫在科學領域中一向將葉森當作幫內分子。然而他們派遣信使到芽莊，才知道葉森去山上了。山上，胡生氣地聳聳肩膀。

海上還不夠，竟然跑到山上去了！

第一次世界大戰發生前的二十年，科學界的戰爭也很政治化，他們之間也一樣會締結聯盟。中國的一場瘟疫向下往越南東京蔓延，五月時擴散至香港。死神的鐮刀在遠方步步逼近，很快就要大開殺戒了，九龍的英國人和海防的法國人，以及每個與中國通商的港口，皆恐慌不已。

在那個步行、騎馬、牛車輪子吱嘎作響、用風帆航海的年代，瘟疫一步步向前推進，所經之處不留活口。十四世紀在歐洲就有兩千五百萬人因瘟疫死亡，身穿白袍的醫師帶著長鳥嘴式的白色面具，裡面塞滿香草以過濾瘴癘之氣。瘟疫的可怕程度與交通工具的快速發展形成正比，瘟疫期待蒸汽、電力、鐵路以及鐵殼船的發明，在可怕的黑色瘟疫面前，再也看不到長柄鐮刀，再也聽不到稻稈上嘶嘶的收割聲，而是耕耘機在麥田中央全速前進的畫面。瘟疫無藥可救，瘟疫在毫無防範下出現，必死無疑，很容易傳染且令人摸不著頭緒。瘟疫散布醜惡，散步死亡，在淋巴腺腫遍布身體的黑色或黃色汁液中擴散全世界。我們能在莫拉黑（Mollaret）引述柏林大學利辛格（Griesinger）教授十五多年前發表的傳染病論文中，找到當時的醫學描述，瘟疫存在於「悲慘、無知、不重衛生、野蠻得超乎想像的居民中」。

在西貢，葉森借了一些被人小心放在診療箱的醫學器材，試管、顯微鏡玻片以及一個滅菌用的壓力鍋。他回到河內遇到樂費（Lefèvre），他是參與巴維任務的醫師，陪伴寮國探險家到寮國勐新縣去劃定與中國的界線。樂費也是政治人物，但他對葉森毫無保留，是位友善的同行，但與英國人交手，事情可就沒那麼簡單了。從孟買到香港，如果不是法屬印度支那這根令人無法忍受的芒刺在背，英國的拉吉（Raj）*就會是一大片毫無阻隔的土地。英國人為此召來日本醫生，同時也告知德國人，搞了一個科霍研究院對抗巴斯德研究院的戲碼。

樂費補充，不過有一名親法的義大利人維卡諾（Vigano）神父，他是一位受人敬重的通訊員，也是在蘇法利諾戰役中獲頒勳章的炮兵軍官。樂費笑著說，後來他才進入基督新教團體充當天主教的眼線，決心拯救第三共和，以對第二帝國將義大利統一致意。†葉森內心覺得這比毛族人的生活還不可思議，瑞士佬和義大利佬都為法國服務。葉森在六月中抵達香港，隨即去羅森（Lawson）醫師主持的堅尼地城醫院。

抵達港口後，下著傾盆大雨，他見到因鼠疫病逝的屍體就躺在街頭，或在水窪中，公園中，與停泊的戎克船旁。英國軍人在高層的指令下帶走病人，清空他們的房子、將東西全部堆起來燒掉，到處灑上石灰和硫酸，還堆起紅磚牆，禁止民眾進入疫區。葉森拍了相片，晚上寫下灰色天空及驟雨下初見的地獄景象，醫院已人滿為患。羅森在舊玻璃廠、興建中的屠宰場和徵調的小茅屋，到處開設防疫站，這幾乎成了病人等死的地方。草蓆被扔在地上，之後跟著躺在上面的人一起燒掉。患者幾天內便會死亡。載滿屍體的車子在溫熱的雨與狂風中緩慢移動。「我注意到地上有很多死老鼠」。晚上，葉森草草記錄下來的第一事項就是下水道流出了很多腐爛的鼠屍。自卡謬後，鼠疫似乎是顯而易見的事情，但在過去可完全不是那麼一回事，就在葉森死後四年，卡謬寫下他的小說，卡謬應當感謝葉森。

英國總督羅賓森（Robinson）在外交顧慮下還是發了封電報，請葉森前來香港研究瘟疫。英國人顯然有些不情願，但葉森遇上了日本人，情況更糟，北里柴三郎的團隊打算獨占解剖行動。北里柴三郎和他的助手青山曾修過科霍教授的課程。北里和葉森在同年抵達德國，葉森在馬堡而北里在柏林，北里在結核病的發現者身邊待了七年。當羅森醫生向他們介紹葉森時，葉森跟他們說德文，但他們相應不理，只是捧腹大笑：「我去德國的年代似乎距今太過久遠，都有點忘記這個語言了，他們不回應，只顧著笑成一團。」

北里柴三郎不可能忽略葉森這號人物，也不可能不清楚葉森與胡發現了白喉病毒，他跟宗師科霍一樣，仇視巴斯德和他的研究院，他也知道他們已經加入戰局。他們一定要找出瘟疫的細菌，如果這真的是細菌引起的話。它躲不掉了，人類歷史上不會再有相同機會戰勝瘟疫。經過幾個星期的肆虐，有待研究的屍體已經累積了幾千個，微生物唯一的機會就是讓傳染病突然離奇停止。葉森和北里柴三郎明白他們因為科霍和巴斯德才能來到這裡，兩名無庸置疑的天才大師是伽利略型的人物，葉森與北里知道自己是站在兩位巨人肩膀上的侏儒。北里柴三郎看來處於領先，因為葉森根本沒有半具屍體可用。

葉森也能就此棄甲歸降，乘船歸去。維卡諾神父是梵蒂岡的門徒，他們的手法在一般沃洲性格嚴峻的清教徒看來不太能苟同，有點像是騙術。他利用兩天的時間在雅麗氏紀念醫院旁邊為葉森搭建一間用茅草覆蓋的竹屋，這成了葉森的居所與實驗室，裡面有一張行軍床，醫療箱裡有顯微鏡跟試管。停屍間有一堆屍體等著燒掉或是埋葬，維卡諾神父賄賂看守停屍間的英國水手，向他們買了幾副死屍。葉森啟動他的手術刀：「他們都已經被放在棺材裡，身上覆蓋了石灰，我弄掉一點石灰找到小腿的部分，」葉森找回當初在巴黎操弄試管的樂趣，就跟玩風箏一樣。「淋巴腺腫很明顯，我不到一分鐘就拿起來了，隨後送到我的實驗室。我很快就做好製備樣品放在顯微鏡下面，第一眼就發現一團確定為微生物的東西，而且每一個都很相似，尖端圓圓的、粗短的小棍棒。」

事情都說完了，用不著再寫一本回憶錄。葉森是第一位發現鼠疫桿菌的人，就跟巴斯德一樣率先發現了家蠶微粒子病、羊群炭疽病、雞霍亂和狂犬病的病原。葉森用一星期的時間撰寫一篇文章，九月時刊登在《巴斯德研究院年鑑》。

北里柴三郎摘取了器官及血液的樣本，但卻忽略了淋巴腺腫，他描述此病併發的肺炎鏈球菌感染，還將它當作是發病的微生物。沒有了機會與運氣，天才也會一文不值，不可知論的葉森受到神靈的眷顧。就像後來的研究指出的，北里受惠於醫院等級的完善實驗室，以及可以調整至與人體體溫相同的恆溫箱，並在裡面培養肺炎鏈球菌，然而鼠疫桿菌的生長大約二十八度左右是最好的，差不多就是香港當季的氣溫，葉森也就在這樣的氣溫下，即使缺少恆溫器輔助還是得以進行觀察。

葉森將研究結果送到巴黎的同時，也將研究結果交給急著通知日本人的羅森。葉森抱怨但並沒有攻擊對手。「他應該謹慎一點，他看過我的製備樣品後，才建議日本人在淋巴腺中找微生物。他本人跟其他一些人都跟我確認過，日本人一開始隔離出的微生物與我的完全不同。」北里柴三郎將成果歸功於己，並挑起科學與政治論戰，但事情終會水落石出。從未見過父親，未來也不會當上父親的葉森，起碼受到肯定成為公認的病菌之父：

葉森桿菌（*Yersinia pestis*）。

他繼續關在茅屋兩個月，探究那些死掉的老鼠在傳染病的擴散中扮演何種角色。他跟隨巴斯德在伯斯研究羊群炭疽病的案例，對感染地區太平山街的泥土進行採樣，他向卡瑁特描述：「你知道研究泥土中的微生物並不容易，而且即使在泥土中找不到，也無法斷言微生物不存在。雖然我做了這個實驗，但我內心相信，應該什麼都找不到。」他準備了稀釋過的黑土，灌了幾管洋菜膠，在裡頭泡了一條白金絲。「你知道嗎，在兩根試管中，我取得了好幾個瘟疫的集群，卻沒有其他外來的微生物。」

日本人已經離開了，英國人想用衛生專員的頭銜留住葉森。街道入口處的紅磚牆顯然只能阻擋中國人通行，但小生物卻通行無阻。葉森決定離開香港，他寫信給河內的總督：「我認為自己在香港的任務已達成，我已經隔離出瘟疫的微生物，對它的生理特質做了初步研究，並將足夠的研究材料送到巴黎去了。」八月中，他在港口揮別善心的修士兼軍人的維卡諾神父，回到西貢撰寫這次任務的報告，就像撰寫他的探險報告一樣，同時也將借來的器材一一歸還。他在筆記中記載結論：「瘟疫是一種具傳染性但可做預防接種的疾病，老鼠可能是主要散播者，但我發現蒼蠅也可能帶病。」

在香港的兩個月，嚴重的瘟疫事件很快落幕，緊接著他又有了另一個點子，這葉森老是行色匆匆。他揪出桿菌好像只是在取悅巴斯德幫人，三兩下子就輕鬆擺平。現在我有更重要的事情要做，剩下的工作就交給你們了。他毫無保留地分享研究，希望能盡快研發出疫苗，他將密封在小玻璃瓶中的桿菌送往各處，他寫信給卡瑁特：「我不擔心，你跟胡的工作很快就會有結果了。」

對他而言，探險跟航海一樣，都結束了。他要在芽莊建立基地，養羊、投身農業，抓住真正的生活和崎嶇不平的現實。他再也不要過單調的海員生活，也不再是當探險家或與圖克打架的年紀了。他重新找回研究的熱情，重拾試管、顯微鏡和風箏。為此，他得攢點經費募求一點錢，他的名望多少能向政府換點現金來用，為了嚇唬他們，也許他該引用莫里哀，像佛來切那樣說一句，吝嗇鬼和守財奴都去得瘟疫吧！‡

* 即英屬印度。
† 法國在拿破崙三世主政的第二帝國時期支持義大利的統一運動。
‡ 出自莫里哀《吝嗇鬼》（*L'Avare*）劇作，佛來切（La Fléche）是當中的僕人角色。

芽莊

他一回來，就著手設立了一間儉樸的動物流行病學研究中心，想像著如何建設研究機構及飼養動物。政府從一項計畫的經費中，撥給他五千法屬印度支那元，他用這筆錢裝設了一間小型的獸醫實驗室，計劃按照自己的步調獨立研究。一開始他們在沙洲村，靠近漁人岬頭的小屋旁邊，也就是堤防邊靠近沙灘和椰子樹微微顫動的地方，那裡有漁人每天早晨手持大刀，在水邊剖開藍色大魚取出內臟，露出裡頭紅色的肉。

他希望不要再移動了，葉森在竹子做的兔籠裡養了一些實驗用的動物，老鼠、天竺鼠、猴子跟兔子。他沒有地方可以養水牛及其他牛科動物，靠海邊太近了，一到雨季，椰子樹就東倒西歪，漁人岬頭有時還會淹水。他得找一處較穩當的地方興建牛棚馬廄。後面的腹地全無通行之路，他划獨木舟沿開河逆流而上，開河的出海口就在芽莊。他在十幾公里處買下慶和省的一個舊要塞，在那兒安頓了二十幾頭馬、牛及水牛。他現在需要一位獸醫幫忙了。

葉森在芽莊雇用漁夫之子擔任實驗室的技術員。他從卡瑁特那兒拿到了一些器材和玻璃容器，小心翼翼地從西貢號的中途休息站卸下，然後再用小船載到陸地，他還運來科學雜誌以及向手藝精巧的法國師傅訂購的標緻腳踏車。早晨他在露臺上繪圖，下午到實驗室工地監工，晚上在小木屋撰寫《毛族人家》，他將以作者身分自行印製十五本。葉森從來不爭名奪利，但也不會全然拒絕。在卡瑁特的建議下，他雇用了一位來到西貢的軍隊獸醫貝沙斯（Pesas），這位獸醫很快就會在細菌學的戰場上陣亡。

葉森想在漁人岬頭定居下來，前方有波光粼粼的海灣、茬葉藤蔓纏繞的檳榔樹叢、椰子樹、孩童、女人在沙灘縫補的漁網、夜裡飛行的蝙蝠，他想遠離城中的狂亂紛擾，體驗真正的生活。有時夜晚時分，他會想起佛羅德船長，多虧他，葉森最後才能來到芽莊，進行探險，也有了名氣。「雖然通常我對綬帶勳章不感興趣，但我還是很高興獲頒法國榮譽軍團勳章，讓我做起事來方便不少。」又一次，就像人口統計學及壽命預期一樣，小心可別弄混了時代，在葉森的時代，他們可不會把勳章頒發給足球選手。

同年，有名年輕的騎士軍官赫伯特．利奧泰（Hubert Lyautey），承襲了撒哈拉幫和韓波軍官的理念，到葉森的隱居處造訪。他在阿爾及利亞待了兩年，對那裡的殖民制度做了些批評。諾耶．貝納（Noël Bernard）記錄了兩人在小木屋會面的情況，他是葉森第一個傳記作者。葉森和利奧泰性格相近。

剛從馬達加斯加任務歸來的利奧泰非常欣賞這個巴斯德子弟的創業精神，發現鼠疫桿菌的葉森到巴黎的沙龍一定能大放異彩。他參觀了牛棚、馬廄和水邊的小型實驗室。「葉森一開始當然毫無資源，但仍然以每頭十五法屬印度支那元買來二十匹馬當作疫苗實驗用的動物，他跟獸醫貝沙斯合作，葉森訓練他，同時也點燃他的熱情，但最後他卻離開人世。他在這間儉樸依舊的實驗室度過許多令人振奮的時刻，與這位不求私利、全心全意投入工作的年輕學者一起工作。」

幾個月以來，德雷福斯事件在巴黎鬧得沸沸揚揚，就像從前人們指責猶太人散布瘟疫一樣，這次猶太人又被懷疑策動戰敗及背叛法國。葉森很遺憾無法獲得相關資訊。「你問我對於德雷福斯事件有何看法，我無可奉告，因為沒有人提供我審判的細節。如果將軍們不肯透露，可能是因為說了會引起嚴重的麻煩。」利奧泰一開始就認為德雷福斯無罪，他冒著生命危險發表軍事審判的疑點，「可疑之處在於，我們似乎察覺到大眾或可說是烏合之眾的言論壓力。」這也是兩人厭惡輿論、厭惡群眾之粗鄙下流的原因。「大家拚命攻擊猶太人，就因為他是猶太人，今日反猶太主義還是占了上風。」不過這是一位同性戀者替猶太人辯護，瞎子與癱瘓病人的組合*，這件事使他無意間出了糗，還引來克列孟梭的幾句評價，這位也是德雷福斯的捍衛者，假意崇尚利奧泰的勇氣。「這位男士令人激賞，有勇氣，除了自己的睪丸，屁股裡還放得進別人的。」法國的政治生活充滿男性氣概，議會的演說甚至會在黎明時分決戰完成。葉森很清楚，不管他做什麼，都遠離不了政治上那些狗屁倒灶的事情。

* 瞎子與癱瘓病人的組合（l'aveugle et le paralytique），指集結兩人或兩方人馬的力量仍舊勢單力薄。

馬達加斯加

生活不該一成不變。

二十六歲時，他從巴黎寫信給法妮，在信末寫下那句韓波式的、亞歷山大體的絕妙好句。他的確東奔西跑了好一陣子，現在他三十二歲了。西貢號的停靠站又收到一封給葉森的電報，葉森在小木屋折疊藍色回條，也許他開始咒罵這項發明。他們請葉森「盡快動身到迪亞戈─蘇瓦雷斯研究熱病細菌」*。法蘭西共和國派他執行任務，於是葉森搭乘蒸汽船前往西貢。

他的經濟情況好轉了，穿著合身的白色西裝，帶了一個年輕人隨行，他不知道該如何稱呼他的助手，並非其工作內容無法界定，而是他的職稱，不知道該稱他為實驗室操作員、祕書還是助理。從此葉森身邊開始有一小群人輪流陪他旅行，他稱他們為安南服務團。這個小幫派的成員包括他請來當實驗助理的漁夫之子，先是修理機器，後來成為幫忙修理汽車的技師。在兵工廠前，兩人第一次登船循著郵輪路線前往亞丁。

這次，葉森踏上葉門的土地，法國的領事在停靠站傳達了政府的指令，他在大沙漠的邊緣發現可怕的大火爐，魯卜哈利沙漠與佩特拉阿拉伯[†]有著玻璃化溫度的烈陽：「周遭全是乾燥不毛的沙漠，火山口的岩壁阻擋了空氣進入，在洞裡就像在石灰窯一樣。」負責接待他的是白人，身穿白色西裝的葉森像是個當家明星，是現代性的先鋒。他受邀到亞丁港的寰宇大旅館，就在商人巴德（Bardey）的住家旁邊[‡]，四年前過世的詩人就在此致富，那兒時常流傳著一些傳說，例如腰帶上八公斤的金子使韓波舉步維艱，當然，葉森永遠不會像韓波一樣有錢。

繼阿拉伯之後，接著就是非洲，兩名男子不急著趕路，大家可以想像僕人對旅行不會感到失望，這就像是菲克斯和霍格的組合，在當時非常流行。[§]葉森抵達埃及後，他跑去參觀金字塔和廟宇，在尼羅河的綠色水面上搭乘費路卡風帆船逆流而上，他知道李文斯頓在坦干伊喀尋找源頭時，就在那兒過世。他搭船到桑吉巴，然後到留尼旺島待了一陣子，補充農業、花卉和肉桂方面的資訊，這些猶如波特萊爾的詩句，在他之前的詩人就曾寫過，因受天使暗中庇護，一無所有的孩子沉醉於陽光。南下印度洋是一條漫長的路，赤道線，船隻在莫三比克海峽、葛摩和馬達加斯加間金色與波光粼粼的海面滑行。遊蕩三個月後，兩人在貝島安頓下來。他們住在小島上，「與其到馬哈贊加，馬哈贊加沒什麼地方比貝島更好，貝島沒有熱病疫情，是個非常適合人居的地方。」葉森一向對海邊情有獨鍾。

他坐在陽臺的搖椅上，喝一杯尚伯朗濾水器的涼水解渴，或喝杯檸檬水，在這個不冷不熱的國度中，四季如春，生活自由又愜意。他明知這趟移動毫無意義，但還是服從國家命令，東奔西跑，抽取樣品、準備顯微鏡和針筒，研究植物及樹木栽培，發現特殊品種的樹木和可口的水果，他第一次見到了三葉橡膠樹。

葉森用手掌揉出一顆黏黏的乳膠球，用手指搓破、彈出去，做出一個圓圈狀的東西：那是標緻腳踏車的輪胎。他很崇拜輪胎發明者的天才和直覺，猜想登祿普輪胎將比鼠疫桿菌的發現者更容易遺留在人們的記憶中，因為瘟疫即將消失殆盡，但輪胎卻與日俱增。也許他想像不到，一個世紀內，用到輪胎的機械，從腳踏車、然後是汽車、機車、卡車、接著是飛機，將會引發比黑死病更慘重的死亡。

他在馬達加斯加的任務，政治意義更勝於科學上的意義，葉森並沒有上當。那是殖民史上的大事，他們派葉森去傳播法國形象，就像他們派利奧泰到摩洛哥一樣。警察局監禁時軟硬兼施，如果葉森的出現不足以使馬達加斯加人信服，他們就會改派加利埃尼（Gallieni）將軍前去。¶由於馬達加斯加人冥頑不靈，加利埃尼便受命前往馬達加斯加島。

* 熱病（fièvre bilieuse）是十八世紀與十九世紀醫生診斷發燒與嘔吐症狀時，最常使用的名詞，現已不用，這種熱病含括了黃熱病、瘧疾、霍亂、傷寒等。

† 佩特拉阿拉伯（Arabie pétrée）指的是羅馬帝國時代的阿拉比亞行省，因為首府為現今在安曼的佩特拉，因此又稱佩特拉阿拉伯，範圍約是今約旦、敘利亞南部、西奈半島與沙烏地阿拉伯西北部。

‡ 巴德（Alfred Bardey, 1852—1934）最為人所知的，就是他是詩人韓波的雇主，一八八〇到一八九一年之間，韓波在咖啡等當地土產的生意出現問題，就開始幫巴德做事。

§ 菲克斯（Fix）與霍格（Phileas Fogg），是凡爾納一八七三年的小說《環遊世界八十天》（*Le tour du monde en quatre-vingts jours*）的角色。英國紳士霍格為贏得兩萬英鎊的賭金，決定進行這個計畫，原本誤認霍格為銀行強盜的偵探菲克斯，一路阻撓霍格，後來發現霍格是清白的。

¶ 加利埃尼（Joseph Gallieni, 1849—1916），在法國多個殖民地當過軍事將領，一八九五年被派往馬達加斯加島擔任總督到一九〇五年，以鎮壓君主主義者的叛亂，馬達加斯加的王朝統治就結束在加利埃尼手中。

疫苗

至於葉森則在夏天被召回，那是離開巴黎後五年，在香港居留及重大發現後一年。共和政府要求他到巴斯德研究院照料他那些該死的細菌。政府當局夜夜惡夢連連，那些在玻璃瓶中沉睡的瘟疫就位在巴黎市中心，一年來他們培養、悉心照料他那些壞胚子桿菌，但進展並不多。老實說他們在原地打轉。為什麼要繼續在碎弱的玻璃瓶一代又一代地培養這些可能變成細菌炸彈的桿菌呢？笨手笨腳、精神失常的實驗操作員，或研究員心情惡劣，遇到老婆外遇，或是日本、德國的恐怖首腦，都可能大量散布禍害，在第十五區再次造成黑色恐怖，殲滅首都人民。

葉森在研究院安頓下來，因為路特西亞飯店還沒蓋，布希可家族在等什麼呢。「很高興又住進了研究院，因為這樣更方便工作，而且我對這兒再熟悉不過了！」他開始與胡及卡瑁特投入工作，也答應法妮會抽空到無花果莊園去看看她。

馴獸師被召來了，就在杜朵街那兒發現他的猛獸蒼白虛弱，他幾乎鬱鬱不振，整日穿著睡衣、沒刮鬍子、菸一根接一根地抽。「我得讓我的細菌恢復毒性，我不在的期間它們有些被疏忽了。接下來我要用許多球形燒瓶為培養基，預備好毒素。它們待在培養箱成形期間，希望我能到莫爾日稍做停留。」花團錦簇的小沙龍將無法接待所有媒體，葉森已是全球知名人物了。

大家都知道母雞的體溫很高，有四十二度，比羊的溫度還高，雖然羊兒還覆了羊毛。巴斯德是第一位將溫度計到處塞進泄殖腔及肛門的人，他發現有些鳥類的高溫能阻止病毒擴散，他們將羊的炭疽病毒注射到一隻母雞身上：牠毫無感覺且像是搔癢一樣感到有趣。他們將母雞放到冷水浴缸中：牠就不會那麼有活力，且會因炭疽病毒致死。但如果將淋濕的母雞即時拎出浴缸，牠會患病但會自行痊癒，還會一邊拍動翅膀取暖一邊攻擊實驗人員。葉森於是向鴿子進攻。

鴿子有點像是天上的老鼠，大家或許可以在老鼠漆上灰色前替牠裝上翅膀。這種鳥類大部分時間都在地面上，而且常常是跛腳一族，用殘肢倆倆前行，就像沒有拐杖的痲瘋病人一樣。兩個物種間有個明顯差異：鳥類與齧齒類動物相反，天生就能免疫。

葉森排出了屬於杜朵街的動物園，從最小到最大。從莫里哀到拉封丹，罹患瘟疫的動物*，接著是格林兄弟童話中，布萊梅的音樂家動物群，一個疊一個，從驢子到公雞。他打算降低桿菌的毒性，一方面獲取疫苗，另一方面取得對抗瘟疫的血清。兩個月的時間，一切好像平淡無奇，只需要將他的工作拍攝下來並在實驗臺前快轉，他操作、萃取、加熱、上廁所、洗手、注射、在筆記本上胡寫亂畫。葉森穿著白袍活動，實驗室的動物愈來愈大，但惶惶不安，插入的針筒也愈來愈巨大。馴獸師的鞭子在空中一揮，每隻動物都跳上小椅子，等著在屁股上打針。

每個進展，彷彿都有交響樂團的小鼓咚咚聲與查爾斯頓銅鈸的鏘鏘聲：葉森使老鼠免疫！實驗白老鼠免疫！兔子免疫！馬兒免疫！葉森手邊倒是沒有大象。他在馬臀上打了一下，到一邊去吧，他拿出筆，打開鋼筆蓋，一同與卡瑁特為《巴斯德研究院年鑑》擬了份簡圖，腺鼠疫的第二份筆記：「這些血清療法的經驗值得更進一步研究，如果從動物身上獲得的結果令人滿意，那麼就能試著在人類身上用同一種方式預防及治療瘟疫。」他蓋上鋼筆，脫下白袍，將報告交給胡，告訴胡他要離開了，剩下就交給您收拾了！胡向穿著黑色大衣、打著領結、肢體不便的巴斯德介紹對抗瘟疫的疫苗，兩人從顯微鏡中擡起雙眼，他們知道如果葉森再請他們寫推薦信去建造火箭登陸月球，他們會二話不說拿出筆轉開筆蓋。

葉森已經迫不及待重回大海了，不過他還有幾件事情要辦，他要跟外交部、殖民部和地理學會斡旋，因為他想在芽莊設立一個可以大量生產血清的實驗室，並繼續在猴子身上測試，之後再進行人體實驗。「那些對我極度冷漠的人，現在都有些嫉妒我。」

八月初，他登上時速十六海里駛往亞洲的墨爾本號。葉森在筆記上記錄，在這次從馬賽到西貢的路途中，他不斷檢查存放桿菌的玻璃瓶，它們放在郵輪同事的藥房裡。治療馬方法已經找到了，在巴黎的部會首長還像嬰兒一般沉睡無知。巴斯德在那年九月過世，他們替他舉辦了國家級的葬禮，他很高興地將研究院交託給小團隊，這些年輕人這幾年來充當他的眼睛、手臂和雙腿，繼續承先啟後，尤其胡和卡瑁特，他們還會扮演舵手的角色將近四十年。

葉森還將一組新的攝影器材帶上船，那是一副雙筒式相機（photo-jumelle），這個巧妙的設備能將視窗取景器摺疊，可以變化視差，沖出的相片會產生立體的效果。他在每個停靠站拍照，回到居住地後，他會在河內印刷的《印度支那畫刊》上發表一篇文章。

他在可倫坡買了一對獴哥。

* 「罹患瘟疫的動物」(Les Animaux malades de la peste)是拉封丹寫的一則寓言詩，描述受瘟疫所苦的動物，由獅子召開懺悔大會，狐狸、狼、老虎、熊、野豬、驢子等議論紛紛，以決定誰的罪惡最深要成為牲品，拉封丹藉此諷刺封建社會裡的階級問題，是強者決定弱者要不要犧牲。至於提到莫里哀，是因為莫里哀自己死於稱為白色瘟疫的肺結核。

廣東

在中國人自以為能夠隨心所欲使用中文為他們城市甚至首都命名前，任何一個人即使不攤開地圖也不會迷路。現在葉森在廣州下船。*

當時廣東已經是兩百萬人口的城市了，瘟疫在不久之前使十五萬人喪命。葉森帶著巴黎的疫苗，以及芽莊獸醫貝沙斯研發的馬兒疫苗前來。他打算讓中國人服用馬兒的藥劑治療，他想在這兒找到他的約瑟夫・梅斯特，並與法國在廣東或廣州的領事見面。他承認他的疫苗還沒有接種在比馬更高階的動物上。

領事搔搔額頭，你知道中國人並不健忘，他向葉森解釋。即使圓明園被英國及法國打劫已經過了三十五年，兩國在第二次鴉片戰爭中獲勝，迫使中國開啟菸草通商的門戶也同樣過了三十五年，現在中國人還是無法容忍法國人跟英國人，因此遭限制只能在特定範圍活動。一名外國臉孔的人來這兒注射疫苗而使幾名病患喪命，可能會引起負面觀感。領事搔搔頭，他恭喜葉森的新發現以及截至目前的成就，但他也警告葉森很可能會變得難堪，他用過時的外交語言說，塔爾皮亞岩石[†]與卡比托利歐山相距不遠。

葉森若是天主教徒，一定會被捧為聖人，人們會立即把他奉為對抗瘟疫的勝利者，像是一則超自然啟示。

會這麼說全是基於三起獨立而相互驗證的事件，分別記錄在葉森自己留存於巴斯德研究院的檔案、梵蒂岡教廷存留的主教檔案，還有外交部的領事檔案。外交官接下來幾天寄出他的報告：「六月二十六日星期五，十一點左右，葉森博士來訪向我說明他的任務，他問及是否能進入收容鼠疫病患的醫院，測試他發明的治療用血清。我坦白告訴他，我不可能允許他進行這樣的實驗，廣東人對歐洲的一切充滿敵意，可能會對本地僑民造成極大危險。我建議醫生離開廣東前與我一起參與天主教的傳教任務。」

修司神父接待了兩人，他才剛召來醫師，照顧一名十八歲的修道院學生迪塞，他在幾天前抱怨頭痛和鼠蹊劇痛，早上開始發燒臥病不起。神父很擔心，上帝啊，信奉天主教的人已經很少了，上帝還要奪取他的性命，想清楚點吧！他們才剛替他進行臨終前的塗膏儀式。幾世紀以來，耶穌會修士在這些地區傳播福音，他們讓這位年輕的中國人相信會有足夠的時間在伊甸園中建立一座中國城，那兒的茶店會標示兩種語言，中文與拉丁文。他們在床頭禱告，希望他能長出雪白而完美的翅膀。

葉森：「修司先生下午三點帶我去看他：年輕的中國人正在昏睡，他一站起來就感到暈眩，身體嚴重無力，發著高燒，出現舌苔。鼠蹊右側有塊腫脹處，一摸就痛。眼前我們就有一個確診病例，其症狀劇烈的程度可以歸為嚴重病例。」

領事：「我不反對注射治療鼠疫的血清，但條件是中國人不得在場，所有細節都要嚴加保密，直到病人完全康復為止。萬一失敗，我們才能避開麻煩。」

葉森：「發病後六小時，也就是五點，病人嘔吐、產生幻覺，出現感染病情加速的警訊，這時我先注射了十西西的血清。晚上六點跟九點，我又分別注射了十西西，晚上九點到午夜，病人沒有任何變化，依然昏昏欲睡，不斷躁動與抱怨，持續發高燒而且有輕微腹瀉。午夜過後，病人平靜下來，清晨六點，當神父前來詢問鼠疫病患的狀況時，病人醒來，還說他感覺已經恢復了，事實上他的確退燒了，不再感到無力，其他嚴重的症狀也消失了，觸碰鼠蹊時不痛了，腫脹處也幾乎消除。治癒的過程十分迅速，若不是好幾個人跟我一樣，前一天看過這位病人，我可能會懷疑我所治癒的疾病是否為鼠疫。大家可以想見，這一夜，我焦慮萬分地守在我的第一位鼠疫病人旁邊。但是一早看見治療奏效，一切就拋到九霄雲外了，也忘卻了疲倦。」葉森是第一位治療鼠疫桿菌的醫師。

領事與主教隨側見證了神奇的治療過程，這幾乎是奇蹟啊，主教喃喃自語，他的話值得相信。上帝的道路有時隱晦不明，一位瑞士的清教徒令中國的天主教徒重生。葉森不會成為聖人，否則他的腳指頭或是髕骨可能會被帶回莫爾日，引來大批信徒下跪朝拜。大家當然想知道這名年輕男子的後續發展和最新消息，撰寫迪塞的一生，第一位從鼠疫生還的病人。他會成為天主教修士嗎？他會跟梅斯特一樣，在日本入侵時自殺嗎？這就不得而知了。領事建議葉森離開廣東（現今的廣州）到鷺嶼，即為今日的廈門，那是一個樸素的海港，設有專供水手檢查的檢疫站，地處福爾摩沙（即現今臺灣）對面。大家已經不太在意水手了，水手也幾乎成了鬼魂。這讓人記起柏拉圖的話。‡

船艦折舊的速度如同人一般，是慢慢衰老的。葉森狂熱於他的疫苗工作，不像我們有時間可以查閱航海檔案，發現充滿浪漫的巧合之事。他不會注意到廈門的防波堤，有艘老舊的船身——窩瓦號郵輪，從前如鐘擺規律地載著他往來西貢和馬尼拉的英勇船艦，已經除役，那年就在此處的浮棧橋，以廢鐵的價錢賣給輪船招商局收場。

至於西貢號，佛羅德船長在駕駛臺堅守至油盡燈枯，同年因颱風漂流到崑崙島的沙灘而擱淺。葉森不知道這些海上惆悵的過往。他在幾天內幫二十三名病患注射現代的抗鼠疫血清，只有兩名因延誤就醫而過世。接著，他到葡萄牙人轄下的澳門治療病人，也對英國人擺擺架子，他很清楚疫苗成功的消息將會跨越港灣傳到英國人耳裡。

英國人叫來他們的老朋友北里柴三郎，他根本束手無策。

---

* 作者在此展現幽默的筆法，在中國人「膽敢」以中文為城市命名前，西方人以西方的發音（譬如，法國人用法文發音唸出城市名）將城市名拼寫出來，因此他們到中國旅行通行無阻。但是後來中國採用傳統舊名為城市命名，並用中文發音書寫下來，對不曾學過中文的西方人來說，困難度就增加了。採用中文拼音的廣州（Guangzhou）對西方人而言，「zh」發音會產生相當困難。

† 塔爾皮亞岩石（Roche Tarpéienne），位於卡比托利歐山南峰的懸崖，古羅馬時，叛國犯從此處被拋下處死，約二十五公尺高。

‡ 這裡指的是柏拉圖於《理想國》卷六提到的水手與民主之舟的比喻，柏拉圖以此諷喻哲學家無用論，認為哲學家是統治國家的船長，也是真正懂得航海的人，在現實中卻經常被吵鬧的水手把持權力，且被嘲笑，這段對水手的貶低論調被認為柏拉圖是反對直接式民主的。

孟買

一回到芽莊，葉森馬上要求獸醫貝沙斯加快腳步生產疫苗，貝沙斯仍不改老兵本色，答應加速生產。隨後葉森搭船前往馬賽接受榮譽桂冠。十一月，他在助理陪同下抵達巴黎，與胡及卡瑨特見面。四人在巴斯德的遺物前沉思。在國葬後，巴斯德被放置在聖母院一間地下墓室中，等待研究院內的地下小教堂興建完成。在《醫學研究院公報》中，葉森花了幾頁篇幅將鼠疫這件歷史大事做了總結。如果當時有諾貝爾獎的話，他應該會得獎。第一座諾貝爾獎在五年後頒發，當時大家都無法預知，阿弗雷德·諾貝爾會在十二月過世，他在遺囑中囑咐成立此獎項。

經過一個月在海上、三星期在陸地上的日子後，他們來到了馬賽海岸邊。葉森的人生是高速前進的旋風。如霍格和他的菲克斯，眼睛盯著火車和郵輪上的大鐘，奔上郵輪的跳板，跳上火車廂的臺階。我們很訝異老凡爾納寫過李文斯頓傳記，卻不曾將葉森繁忙荒誕的歷險寫成小說，也未將他塑造成一位形象正面的主角，以對年輕讀者的品格有所啟發。在可倫坡停靠時，一位英國代表在當地土邦主陪同下，有可能是騎著大象來到了港邊。這位重要官員登上墨爾本號要求與葉森見上一面，瘟疫來到孟買了。

葉森的船艙內沒有血清，也沒有製造疫苗的動物。在那兒等著，我馬上到。當他抵達芽莊時，二十四隻母馬才剛罹患炭疽病而死亡，葉森要貝沙斯馬上在脫險的動物上操作，「我一到芽莊，馬上替兩頭母馬放血，牠們看起來已經免疫了，如果牠們的血清品質良好，我會放出更多鮮血，然後動身到印度去。」

說是馬上，其實也過了好幾個星期，因為每個月只有一班船。血清持續出產至二月，葉森在他的行李裝了好幾百劑疫苗，事實上他需要好幾萬劑才足以應付瘟疫。此時，貝沙斯還在持續奮戰，也許有些過頭了。就如每一種需要精確計算的職業，總是有風險。貝沙斯分身乏術，屢屢從實驗室衝向發瘋的動物園，猴子在耍把戲，母馬在耍性子，反腿一踢把水桶弄翻，貘哥則在飼料槽走動而打翻飼料。葉森在海上時，實驗室發生意外，貝沙斯成為犧牲者。

郵輪公司在可倫坡的辦公室收到貝沙斯因感染而過世的電報，但葉森已經動身前往坦米爾納度邦的路上了，他抵達馬德拉斯，坐火車穿越次大陸前往孟買。三月他進駐到法國領事館，替法國人注射疫苗，治癒了貼現銀行總裁那位染病的女兒。只是，一與英國人接觸，麻煩就來了。

孟買是一個擁有八十萬居民的大港，它與倫敦之間的路線是重要的交通命脈。殖民帝國幾乎在世界各地都為了邊界紛爭而武力相向。那是康諾利（Connolly）筆下的「大競賽」（Great Game）。一年前，法國人在勐新縣迫使英國人離開寮國北部，向西跨過湄公河；不到一年，英國人就在法紹達復仇了，逼迫法國人離開尼羅河岸。洛地當時還沒寫出《沒有英國人的印度》（*L'Inde*〔*sans les Anglais*〕）這本書。可以想見，葉森對這想法沒有什麼不開心的。

世界各地為了印度的鼠疫災情，紛紛組成醫療團：俄國、奧國、德國、埃及、英國、義大利醫生，他們比葉森更早抵達印度。他們在一種帶著陰謀與毫無辦法的氣氛下爭奪垂死的病患和醫療機密。衛生單位的行動受到更多困難與抵制，在香港的中國人反而沒有如此。當地民眾拒絕到隔離醫院與檢疫站就醫，因為那不符合種姓制度的規定。儘管老鼠迅速地大量繁殖，但佛教尊重生命的原則卻與滅鼠行動產生抵觸。巴斯德幫之間，接著發生了所謂的「哈佛欽淋巴」論戰。

哈佛欽接替葉森的微生物課程後，也離開了研究院，自行在加爾各答開設實驗室，他在那兒生產的淋巴液體，被指控為造成最糟的副作用。巴黎派來了波諾（Bonneau）醫生，殖民地醫官的總督察和助理督察也著手調查。波諾醫師的團隊解決了巴斯德幫的紛爭，總督察的報告提到：「雖然在加熱培養的方式下，注射在人身上的疫苗有可能有效對抗瘟疫，但我們要譴責哈佛欽醫師過於草率簡便的步驟無法達到真正的免疫，其造成的危害與效益相比，還是足以譴責其不周之處。」

至於葉森，他的困惑在於他的行動完全被狡詐的英國人束縛：「葉森醫師在這方面遭遇諸多困難，他在英國醫師主持的醫院處理病例，卻完全無法自由施展：他們在病人的淋巴腺腫上注射碘，還讓病人服用番木鱉素、顛茄、毒毛旋花素，所有的藥不是無效、就是使病情惡化，依據這些個案建立的統計數據了無價值，除非讓葉森自己定奪才具有意義。」葉森對這些紛爭疲憊至極，他知道他得消失、逃跑，重新回到他的黎凡特或哈拉。

葉森受夠了孟買和英國人，雙方心存芥蒂。英國人無法忍受法國年輕人，甚至他們還不是法籍人士，像葉森是瑞士人而哈佛欽是烏克蘭人，一到巴黎就立刻染上了英國人最痛恨的法國特質，那種唯我獨尊或說是巴斯德式的態度，放肆地向全世界、甚至是向英國人說教。葉森離開孟買、逃離醫學圈。他獨自待在印度的曼德維，位於喀奇縣半島的古吉拉特邦北邊，那兒每天有一百人死於瘟疫。他的疫苗很快便供不應求，他決定到此為止。他寫信告知卡瑁特他要離開了，當時他已經以孤僻怪異和惹人厭惡聞名圈內了。在車站，大家也許會想知道他買了兩卷英國作家吉卜齡（Kipling）的最新力作《叢林奇譚》（*The Jungle Book*），這位作家很快便會獲頒諾貝爾獎，那是葉森無法獲取的獎項。現在，瘟疫占領蘇伊士了。

巴斯德研究院派遣西蒙（Paul-Louis Simond）到孟買取代葉森，卡瑁特寫信提醒他：「葉森勇敢得太過野蠻，他在孟買的態度讓許多人感到不快，你恐怕要花點工夫才能修正他留下的壞印象。」西蒙的確遭到冰冷的對待，葉森與哈佛欽留給人的巴斯德派印象就是一群趾高氣昂的年輕人，對自己過度自信，當別人提供意見時，只會聳聳肩不當一回事。西蒙向在巴黎的卡瑁特吐苦水，卡瑁特回答他：「你所提到關於葉森的這些評價，我一點都不驚訝。以他粗野的性情來看，他一定幹了不少英國人眼中的蠢事。」西蒙得花上一整年的時間才能緩和衝突，最後英國人終於接受他，因為他發現了跳蚤是瘟疫的禍首。

葉森在芽莊讀了報告，搖搖頭，他光想到老鼠，卻忽略了跳蚤。就像他父親早就知道的，跳蚤是有翅亞綱昆蟲。西蒙的實驗很簡單，就是在鐵籠中放進一隻遭到感染的老鼠，周遭則放置幾個鐵籠，裡面另外放置健康的老鼠，專門養來做實驗的動物。葉森，這位有風度的好手，馬上恭喜西蒙能跟著完成了鼠疫的病因確認。

這位西蒙也是四處奔波之人。葉森自問這位老朋友至今人在何處，那是一九四一年初，葉森已經七十八歲了。

歐洲和印度支那之間的交流，一方面受制於日本的占領，另一方面又有德國在背後的因素，幾乎斷絕或者鮮少有機會往來。一年前，他從小白鯨下機，閒來無事地想像著他的老友各個被戰爭消磨殆盡。在芽莊的方型大宅中，他收聽法國廣播，以解讀維琪政府的意識形態；也聆聽英國廣播，欣賞繼續獨撐抵抗的英國人。德國廣播還以莫洛托夫—李賓特洛甫條約（pacte Molotov-Ribbentrop）為豪，吹噓納粹主義與史達林主義的彼此默許，但沒多久裝甲車就在六月入侵蘇聯。* 葉森一點幻想也沒有，也許他還會自言自語，政治勢必引發戰爭，而愛情無可避免帶來姦情，似乎經常是必然經歷的事情。但真的有必要活到這麼老嗎？

他真的要成為這些進步發展的使者嗎？在洛斯阿拉莫斯國家實驗室閉門實驗的物理學家已經研發出核子彈，巴斯德的科學發現也被拿去製造生化武器。葉森從瑞士廣播得知，昔日路特西亞的鄰居，愛爾蘭籍的作家喬伊斯去年一月於蘇黎世過世，喬伊斯認為世界大戰是衝著他終於完成的《芬尼根守靈夜》（*Finnegans Wake*）而來，是阻止這本書問世的巨大陰謀。這一切消息使他陷入混亂與困惑。泰國軍隊與日本結盟侵略柬埔寨與寮國，摧毀吳哥窟的法國機場，那是法國航空的小白鯨中途起降的地點。河內的德顧司令來信告知巴斯德外甥羅何的死訊，這令葉森想起沃格林街小幫派，那時羅何還沒去澳洲。最後一次消息是羅何人在勒阿佛。戰爭期間，住在港口向來就不是件好事。夜晚，葉森獨自坐在收音機前，他對古拉格和特雷布林卡又瞭解多少呢？

他知道巴黎的猶太人戴上了黃色的星星，他好久沒跟老同窗史丹伯格聯絡了。史丹伯格在馬堡已經是退休老醫師了嗎？如果他早就不執業了，是否就不會有被人勒令停業的問題？當他在街上遇到亞利安人時，他會從人行道上走下來嗎？葉森還記得當時他們對未來的期待，以及兩人針對瘟疫的談話內容。誰會想要因為狂犬病而淹死自己的狗呢？† 葉森知道在路特西亞飯店樓下，布希可公園入口處，人們放了一塊告示：「僅供孩童遊戲，猶太人禁入。」十二月珍珠港事件後，爆發了太平洋戰爭，美國人派了無敵戰艦前往菲律賓。幾個月過去，依舊是壞消息。一九四二年，褚威格逃亡至巴西，跟他一樣，花了好幾個晚上坐在收音機前，在宣告新加坡失守後，最後褚威格在彼得羅波利斯自殺了，因為什麼都沒有了。葉森七十九歲了。

德顧將軍逃亡大叻，纏著葉森重新編寫香港瘟疫大事紀，包括在中國進行的第一批疫苗接種。他很清楚他們要拿他做宣傳，徵召他加入這場意識形態的戰爭。日本占領了印度支那，但別忘了巴斯德研究院可是擊敗了科霍研究院，葉森大勝北里柴三郎，可不是軸心國的學者戰勝了巨大的黑色恐怖，同盟國才是機智的一方。

由於重讀了筆記，他寫下探險的種種回憶，這一點也不困難。東西都刊登在報紙上。再一次，他認清人們利用他遠播的名聲，只是基於遺傳上的偶然，因為他是巴斯德派最後一位倖存者。有些越南人與占領者正在密謀要趕走節節敗退的法國人。面對不知感恩的越南人，維琪政府當然可以提醒他們，所有的道路、鐵道、水塔、醫院：這些都是日本佬的貢獻，是吧？

* 莫洛托夫—李賓特洛甫條約（pacte Molotov-Ribbentrop），又稱德蘇互不侵犯條約，莫洛托夫與李賓特洛甫分別是代表簽約的蘇聯外長與德國外長的名字。這個一九三九年八月二十三日簽訂的條約是德國為了入侵波蘭做準備，希望蘇聯不干擾此事，且在祕密協議中，還討論了波羅的海小國與波蘭的劃歸分配方式，但隔年六月，德國還是違反了這個

互不侵犯條約，進攻蘇聯。

† Qui veut noyer son chien l'accuse de la rage.此句為法語古諺，可解釋為欲加之罪何患無辭。

真正的生活

與我們一樣，葉森也在尋找幸福。

只是他，找到了。

孟買之後，一切到此為止。醫界才是得了瘟疫吧！葉森三十五歲，他打算享用特權，逃離政治，退出大寫歷史。為了追求科學與理想的世界，他選擇異常孤寂的生活。他來到了人生的全盛期。黑色的鬍子，藍色的雙眼。畢竟，生活不該只是不停地移動，永無止境的往返已令他厭煩，他體驗夠了，厭倦了。他領略到天堂的美好，芽莊，他再也不想離開那兒了，他想創立巴斯德研究院，讓芽莊變得更好，他關閉了令貝沙斯喪命的將就使用的手作式研究室。

坐在辦公室的藤椅上，桌上放著科學期刊，葉森研讀著建築學，現在他成了一名土木建造者。他放棄漁人岬頭的小木屋，設計了一間三層樓的磚屋，房子四周各有兩公尺寬的拱廊。一樓廚房、二樓臥室、最高一層樓則是辦公室和塞滿科學期刊的圖書室。從屋頂望出去，令人目眩的景色盡收眼底，夜晚，漁船沿河流下，漁人點燃桅杆上的捕魚燈出海捕魚；黎明時分，漁船隨風歸來，漁人在岸邊卸下魚蝦海鮮。不遠處，木工正在調整新舢舨的骨架。驟雨過後，花香與泥土的氣息飄進辦公室，葉森正在設計獸醫及實驗助理的宿舍，牆壁用石灰粉刷，木頭鑲板漆成鮮綠色，屋瓦片和陽臺則為棕色，完全是他當年在諾曼地卡布堡的海邊別墅風格。

在岸邊，他親自建造巴斯德研究院，五十公尺長、十公尺寬的建築裡有實驗室和動物放血室，旁邊有一間棚屋，用來安置遭受感染後免疫的牛隻與馬兒。這項計畫受到葉森好友杜梅的支持。擔任總督的杜梅，是歐里雅克的孤兒，也是大叻市的創立者。葉森雇用了動物飼養員與農場工人，以飼養家畜與發展供應牲畜糧食的農業。「我正在建造一座汲水風車」。

葉森坐在藤椅上，面前放著科學期刊，他正在研究物理學、力學及電力學。透過郵輪，他從巴黎運來實驗爐、滅菌箱、百達牌的煤氣製冰機。汲水幫浦和渦輪機將能供應研究院及漁村的電力。他試著自己動手製作以降低成本，這些就跟他製作風箏一樣：「我對這種物理的東西一向很有興趣，不用專業電力工程師的協助，我就知道如何安裝。」他向塞波萊訂購了他人生第一臺蒸汽汽車，五馬力的塞波萊汽車，時速可達二十五公里。

葉森是實現夢想的主人。過沒多久他就在鮫泉，也就是現今的油泉，買了一塊別人出讓的五百公頃土地，成為地主。當時沿海往內陸二十多公里都是灌木叢。葉森住家門口有一條流向南中國海的支流，他沿著這條支流，搭舢舨到這塊地。他開荒闢土，準備飼養動物、種植穀物。葉森打造出一個自給自足的小星球，一個以小喻大的世界，一艘得救的方舟，一座伊甸園，禁止地獄來的病毒侵入。他們割除水草、淨化水塘，不久，就會有上百頭小牛、水牛、馬、乳牛、三百頭綿羊及山羊入住，這些家畜每五十多頭就隔成一個圍場，彼此分開，圍場使用雙層圍籬，避免大猛獸及小細菌侵入。

他的新任務就是擔任高等科學家和進步的推動者，他身旁圍繞著來自巴黎及西貢的巴斯德幫同門弟兄，以及後來成為巴斯德幫的漁夫之子。在實驗室，他們投入馬腺疫、破傷風、炭疽病、蘇拉病、口蹄疫、巴斯德桿菌症、出血性白血病及焦蟲症。葉森在瑞士訂了幾箱鈴鐺，由馬賽運過來。「自從我們的乳牛戴上鈴鐺後，被老虎擄走的機會大為降低，現在牠們似乎把矛頭轉向我們的馬兒。」就像這樣，人們慢慢地轉向另一個世紀。

進入了二十世紀，人們還不知道一切只會更糟，在無窮盡的進步夢想之後，伴隨而來的是無數野蠻行徑。然而它的起始是華麗的，那是美好的年代（Belle Époque），人們對科學與技術充滿樂觀，相信疾病會被消滅，而將能預防及治療疾病的疫苗也將到來。

葉森坐在辦公室的藤椅上，前面放著科學期刊，他在研究農學及化學。他嘗試以稻穀取代燕麥餵養馬兒，他在丘陵上分層種植作物，以克服及應付氣候變化。在種植阿拉比卡咖啡樹失敗後，他們又種了兩千棵賴比瑞亞咖啡樹，也種了一些藥用植物，其中包括一千棵古柯樹，準備用來製作藥用材料古柯鹼。

先前葉森在印度的情緒起伏，導致他與巴黎的關係一度降到冰點，現在終於回暖。「親愛的卡瑁特，雖然不可置信，卻是千真萬確：我接到胡從塞澤里厄寄來的一封信，真是意外的收穫，每次胡決定提筆寫信，就是要告訴我一些有趣的事情。」葉森啟程前往巴黎：「我打算搭乘西伯利亞的火車，但擔心那時還太過嚴寒。」耕作與畜牧從來都不是巴斯德研究院的首要工作，也不是他們賴以維生的產業。他們創立了一個私人公司叫做「葉森、胡及卡瑁特先生」公司。

葉森回到芽莊後，有時會與胡通信，這些信件現在看起來，就像企業聯盟的電話通聯紀錄一樣。胡寫給葉森，「你離開之後，貝同的第一要務就是尋找鎢酸，他已經在英國找到了，我們以六千五百法郎訂了一公噸，價格超乎想像，沒辦法更便宜了。這批鎢酸將由漢堡運到西貢，硫酸和矽酸則由馬賽運出。你看我們冒了很大的風險，但這並不表示古柯鹼的利潤很豐厚，尤其市場上剛出現另一個強勁的對手，他們用合成方式製造出新的化合物，那是一種麻醉藥：史託安（la stovaïne），毒性比古柯鹼弱，但若使用雙倍劑量，效果與古柯鹼相同。」這封信很詭異，因為信中對史託安的發明者隻字未提，幾個月前，富爾諾（Ernest Fourneau）發明了史託安，他也是巴斯德研究院一員，與巴斯德一樣是個化學家。

葉森研發自己的產品，炮製出一種濃縮液體，如果他申請專利的話，極有可能因為這項黑色氣泡飲料而成為億萬富豪，他將這飲料取名為肉桂可樂（Kola-Cannelle），他也許可以縮寫為Ko-Ca。他從芽莊寫信給胡：「我用郵局包裹寄了一瓶肉桂可樂給您，疲勞的時候，您可以取出約一點五西西加入一杯糖水中，我希望對我有效的這個『長壽萬靈丹』，也能夠提振您的精神。」

葉森可樂。

他們也種植菸草與較不具威脅性的木薯，菸草未來將明令禁止私人栽種。葉森在筆記本記錄失敗的作物：香草、肉豆蔻、馬來樹膠及玉米，這些都無法馴化。這個地方既形成了一個農業及科學團體，也成為村民的醫療診所。夜晚，葉森闔上筆記本和期刊，思考他那平和而繁榮王國的未來發展，他煩惱下雨的事，他很清楚大地對天降甘霖的饑渴。

這令人想到桑德拉（Cendrars）作品《金子》（*L'Or*）當中的英雄蘇特將軍，那位在加州建立自己王國的瑞士同鄉。夜晚，如果無聊的話，葉森就會畫起水塔設計圖，然後第二天就著手蓋水塔。四十年來，他在世界各地網羅自然界最美的東西，植物、動物、花草和樹木，為的就是運到芽莊去。農作物還未能帶來收益，所有種植的開銷都是無底洞；就像巴斯德對狂犬病一樣，葉森也不曾為他的疫苗申請專利。就像僧侶製作蕁麻酒或龍膽酒來維繫生活一樣，葉森製作對抗牛瘟的血清來維持生計，每個月賣給畜牧者近千劑量。

有時候，葉森也會寄幾篇文章給《巴斯德研究院年鑑》，標題通常很簡練：〈印度支那的流行病研究〉。就像退隱的帕拿斯派詩人偶爾還會向雜誌投稿一樣；在法國，現代詩已由下一代接棒，亞歷山大體已被取代。葉森不認識阿波里內（Apollinaire）和桑德拉，也沒讀過桑德拉為偉大的艾菲爾鐵塔創作的詩；他也不知道里維拉（Rivera）、蘇丁（Soutine）、莫迪利亞尼（Modigliani）和畢卡索，將在巴斯德研究院附近的蒙帕拿斯比鄰而居。一切關於文學與繪畫的事情，葉森，都不在乎。他封閉在芽莊，眼睛盯著顯微鏡，或者，手持棍棒，大步走在草地上。

葉森就跟我們一樣，想為人生譜出一首美妙而和諧的樂曲。

只是他，真的做到了。

河內

接著，意外襲來。杜梅捎來一封信，這位歐里雅克的孤兒，一直擔任總督之職。八年前，葉森發現鼠疫桿菌，四年前，他開始在芽莊靜靜的生活。進入新世紀兩年了，兩歲的娃娃可愛而盈滿。

杜梅要離開了，他們曾一起登上浪平高原，隨後杜梅就在那兒興建大叻市的療養院；他們也曾一起溯湄公河而上，從三角洲到金邊。現在杜梅要離開亞洲了，他將在法國重啟政治生涯，再次進入猛獸的牢籠。那位俄國的瘋子葛路洛夫此時人在哪兒呢？誰知道整整三十年後，在命運的捉弄下，兩人會面對面，其中一人會持著自動手槍朝另一人胸膛出清全數子彈？

自古以來，地理學家就稱呼此地為印度跨恆河地區，直到茹費理的時代依然如此，是到後來才改稱印度—支那，最後又改稱作印度支那。到河內擔任總督前，杜梅出身激進的左派，年紀輕輕就在巴黎當上財政部長，他提議徵收所得稅，並在議會通過決議，逼富人吐出錢來。他想在此地留下殖民的歷史痕跡，而等到他要離開時，他已奠定當地公共衛生的基礎。他希望交棒給葉森，由他來主持一所醫學校、一個附屬於巴斯德研究院的實驗室、一間醫院和一間衛生所。因為杜梅的緣故，葉森離開芽莊前往河內。

在他與傑拉斯神父自色登歸來並準備前往香港前，他與樂費曾在此會晤。他已經好久沒見到那個霧濛濛的翠綠城市了。河內這座新城市比西貢年輕二十歲。越南東京的法國人快馬加鞭地建設，才二十年，看起來就像在這兒待了好幾個世紀。他們以羅馬人遺留在高盧的自信、堅定與盲目，建造了大都會醫院、皮吉涅皇宮，開設了賽馬場與室內市場，消毒及疏通了兩大湖泊。整個城市已有七萬居民。葉森將五馬力的塞波萊汽車從漁人岬頭運上船，抵達海防市後，再由一艘戎克船護送到紅河上運行。這是首都的第一輛汽車，葉森坐在方向盤前，低速行駛於種有法國梧桐樹的林蔭大道上。

這是亞洲第一個有電、有自來水、有路燈的完善地區。平靜的街道，隨處可見立著圓柱以及山形牆的白色或赭色別墅，修剪整齊的花園深處有著幽微的小徑。在木筋牆的別墅中，尖聳的山形牆在大門處拔起，從幽暗濃密的植被中竄出頭來。在這座普魯斯特式的城市，某些區域確實喚起人們對卡布堡或多維爾的懷念。

人力車讓道給劈哩啪啦響的汽車引擎，馬夫調整馬兒的眼罩。商販戴著圓椎斗笠，肩上挑著扁擔，瞄著這臺在同業行會的小巷網絡中，顯得過於寬大的機器。在法國城與舊城的邊界，小湖不遠處，豎立了一座紅色寶塔，葉森在大都會飯店門口停車，經過一世紀，這間飯店至今仍是越南首都中最舒適的飯店。未來的鬼魂，手持鼹鼠皮筆記本的男子，從莫爾日就追隨著葉森，在馬堡的儲森旅館、金邊的皇家飯店停留，與葉森一同在西貢的馬捷斯旅館大廳跟卡瑁特見面，大叻市浪平宮廷飯店的保大帝，路特西亞餐廳中的胡，葉森在櫃檯簽名時，這未來的鬼魂就坐在吧檯旁邊。

杜梅已經在這兒等他了，面前放了一只杯子以及幾個有待開展的計畫。

葉森並沒有自虐傾向，也不是那種樂於艱苦跋涉的人。如果有必要，他不排斥舒適度低的環境，例如山上寒冷的夜晚和營火，睡在昆蟲會溜進去的茅草堆或在沒有臥墊的地上睡覺，他也不陌生；但如果情況允許，他還是偏好郵輪中時髦舒適的設備和豪華的飯店。

他在大都會飯店寫信給跳蚤專家西蒙，西蒙已經離開印度前往巴西了。葉森希望說服西蒙前來支援，甚至取代他。興建醫學校的費用，建築師「估計整個工程需要一百五十萬法郎！但比起西貢的戲劇院還是便宜而且有用得多」。他讓西蒙稍做考慮並讓他先在美洲進行黃熱病的研究。「我對您信中提到在彼得羅波利斯的設備，以及您開工的細節很感興趣。」

河內的工程一完成，葉森隨即擔任衛生醫療中心的總管，他招募工作人員，規劃醫學生和護士的入學程序。他根據法國的模式規劃醫療課程，早上至病人枕邊問診，下午上理論課。他親自教授物理、化學和解剖課，我們可以想像胡對葉森的決定會多麼驚訝，當年為了讓年輕的葉森繼續教授微生物課程，胡和他還起了口角。而這次為了杜梅，葉森答應了。

第一學年接近尾聲時，該屆的十一名醫科學生已經準備好去考試了。「我們的醫科學生非常用功，非常優秀，不輸法國最好的學生。最有趣的是，即使聰明的學生也非常用功，我們幾乎敢說沒有懶惰的學生。」葉森偶爾會跑回芽莊繼續擴張版圖，巡視三葉橡膠樹的生長情形和疫苗的生產狀況。夏天，他會離開大都會飯店，買張機票飛到馬賽，隨行的還有一名漁夫之子，也就是他的機械人員葛。他們與世界第一位汽車製造商李奧・塞波萊見面。三名男子，頭髮在風中飛揚，坐在新款的塞波萊六馬力汽車上，他們以每小時一百公里的速度，從波維開到巴黎。這絕對是最現代的高速汽車，葉森隨即熱切地訂了一輛直接送到河內去。

擔任兩年的行政主管之後，一切都上軌道了，葉森認為可以卸下職務了。他在巴斯德研究院當了兩年研究員，在郵輪上當了兩年醫師，在河內醫院當了兩年主管。除了芽莊之外，他換手的速度很快。杜梅離開了，稍後，他們會以杜梅的名字為紅河上的一座大橋命名，保羅杜梅橋，也就是今天的龍邊橋。

葉森四十歲了，他的年紀再也不適合長途跋涉，在熟齡的豁達中，他發展其他才能。他在河內的生活只不過是個離題的片段，換做其他人可能會當成醫院事業的起點，或看到成為白袍大老闆的契機。葉森花了幾個月交接工作。在河內任職即將屆滿三年時，他去巴黎待了一陣子，並且最後一次造訪莫爾日，接著他又回到芽莊。在湖畔無花果莊園的小客廳，葉森最後一次擁抱年邁的法妮，次年，法妮過世了。

新的世紀五歲了，這是一個搗蛋的世紀，不過到目前為止一切無恙，一切還很美好。很難想像微笑的孩子會變成施虐者和劊子手，未來的怪物五歲了：法妮與凡爾納及布哈札同年過世，布哈札的屍體從達卡運回馬賽。這個世紀在這一年已經展現自掘墳墓的傾向，葉森記載著：「我們不禁想問，這戰爭難道不是來自英國與德國一觸即發的危機，但願法國不要牽扯其中！」俄國發生了第一次革命，托洛茨基在聖彼得堡帶領蘇維埃。巴斯德過世後十年，諾貝爾獎頒給了大師科霍。葉森在巴黎與杜梅重聚，杜梅的政治生涯朝著悲劇的命運推進，他成為國會議長。

葉森寫信給姊姊愛蜜麗時，開門見山地表示他放棄繼承，放棄利用醜八怪掙來的財富。有時候當姊姊的也會像當母親的人一樣細心，至今我們都還能讀到這些書信。不過這些信件，數量不多，內容不長，也不夠親密，細節不足，除非牽扯到雞。

單身的姊姊，在學會鋼琴以及無花果莊園所教授的優雅舉止之後，比起一段美好的婚姻，她更嚮往以小額資本在貝樂威湖邊建造一間木屋，飼養土撥鼠和蜜蜂。最後她決定飼養家禽。她四十五歲，而葉森這位老單身漢，在河內當了幾年醫師後，回到他在芽莊的異想世界。什麼樣的父母就生出什麼樣的子女。姊弟兩人的異想，遺傳自他們的父親，那位頭戴高帽身穿黑色大衣的老師，一邊在火藥廠工作，一邊研究野蟋蟀的神經系統。

母雞論戰

人們時常將科學史視為一條從無知邁向真理之路，但實則不然。這其實是一面毫無出口的錯綜網絡，使人的思考迷失方向、糾纏不清。將一連串錯誤編纂起來，就會顯得可悲又可笑，如同飛航初期的發展史，或與之同期的電影發展史，在斷斷續續的黑白電影中，我們見到樹木斷裂和布匹撕裂的畫面。一個夢想變成伊卡洛斯的人，套上芭蕾舞短裙，在身上綁了翅膀，像芭雷舞者一樣伸展雙臂，奔向懸崖，縱身一跳，最後像石頭一樣跌落，在底下的沙灘身首異處。

愛蜜麗將母親的遺產揮霍在母雞上。她將她不算多的積蓄投資在採購雞舍的設備，在洛奈興建一座大型雞舍。葉森想要打消她的念頭，免得她浪費時間做蠢事。這兩姊弟簡直像雙胞胎，他們都非常固執。愛蜜麗成為歐洲第一位美國飼料進口商，引進了先進的顆粒狀雞飼料「精力充沛」（Full-o-Pep）。她進行實驗，每天記錄實驗結果，包括雞蛋的數量、肉雞的體重，然後也在《鄉村生活》和《沃洲土地》兩本雜誌寫專欄。

雖然葉森特別喜愛雞蛋，雞蛋與蔬菜是他的飲食基調，但他很少注意雞舍裡頭那些不知名的灰色安南小母雞，牠們可以在屋前自由地扒土，但不得進入菜園。現在他對這些母雞另眼相看，母雞也是一樣，牠們眨著眼皮，彷彿在看葉森，前傾的雞頭微微搖動，就像機械一樣，發出一連串的聲音。牠們發覺葉森正在孵育某項計畫，而牠們將會變成科學母雞。巴斯德幫的人，眾所皆知，虧欠母雞甚多。葉森決定利用配種，改良當地品種。他的姊姊寄了一隻沃洲的大公雞來跟安南的小母雞交配。在此，我們應該向佛洛伊德幫人士諮詢這種亂倫繁衍的問題。羽毛散亂的小母雞沒料到突如其來的一招，牠們很樂意參與科學研究。

但這還不夠，他還想用顯微鏡觀察，在科學期刊發表文章。坐在藤椅上，對著書桌，葉森研讀胚胎學和海克爾（Haeckel）的理論。* 根據這理論，一項生物，一種個體發育，都能回歸到小雞的胚胎學，所有種類的胚胎學、其種系的發生，都在雞蛋中加速發展，從爬蟲類開始到雞形目，胚胎快速地演變。因為喜愛雞蛋，因為關心姊姊，所以葉森想知道一顆黃白色的雞蛋，如何長成一隻有喙、有羽毛、有腳的雞，最後成為盤裡的雞翅、雞腿或炸雞。一旦他開始進行，就不會半途而廢，他會捲起白袍的袖子貫徹始終。葉森總是想知道一切，求知的渴望十分強烈，對抗瘟疫的贏家不可能向母雞認輸。

姊弟的通信愈來愈頻繁，兩人持續在地球的兩端進行實驗。愛蜜麗迷上了立體攝影機，這是巴黎國際發明競賽的一項新發明。發明這部機器的家禽專家諾斯德達姆斯（Nostradamus），聲稱他可以從雞蛋探測小雞的性別。葉森搖搖頭。「這部機器對我而言像是旋轉桌或其他開玩笑的玩意，我們得知道它的原理。」他訂了兩部，然後與動物研究助理可蘭譜（Armand Krempf），使用統計方法進行科學研究。

因為立體攝影機的關係，他對小雞的孵化產生興趣，一如往常，他絕不半途而廢，他設計了一間兩百平方公尺大、十公尺高的雞舍，進口了藍色來亨小母雞與印度公雞，購買了史普德（Spratt）的電力孵蛋器，還規劃了母雞下蛋的窩和棲息處。

兩人每天清點雞蛋的數目和重量，用分釐卡測量雞蛋，也記錄孵化不全的小雞。這位連胡和巴斯德都無法勸留的大學者，這位科學天才，每次只要他願意投入，三兩下子就能解開細菌學之謎，現在他卻困在雞舍中，穿著橡膠雨靴踏在乾草和雞糞之中。葉森和可蘭譜皺著眉頭，輪流在編號的雞蛋上方轉動偵測擺，在筆記本上記下家禽專家諾斯德達姆斯的預測，然後像是放入耶穌誕生的馬槽一樣，小心翼翼地將雞蛋放進史普德孵蛋器。

每二十一天，就是小雞用雞喙破殼而出手忙腳亂的歡樂日，兩位巴斯德幫的博士†在小雞一哄而散和忘記牠們的編號前，趕緊捉住牠們。身著白袍的博學科學家拿著放大鏡在含羞草叢前找什麼呢？是小小公雞的小把兒，還是小小母雞的小乳房，我們不得而知。總之，這機器行不通，立體攝影機是場惡作劇，就算母雞下了金雞蛋，它也無法辨認，我就早說了，這玩意只能擺在櫥櫃，或者送給村裡的孩子，說不定可以找到更好的用途。

當他們踩著爛泥巴返回芽莊，諾貝爾獎正探詢巴斯德幫的人選。拉韋朗（Laveran）研究瘧疾，梅契尼可夫研究免疫系統，葉森完成了雞隻的實驗並記下結論，他也寄了一份結論給愛蜜麗。若想在法屬印度支那培育出最好的雞隻，他建議將安南雞與懷恩多特雞混種。他發明一種營養均衡的雞形目混合飼料，遠優於美國「精力充沛牌」飼料，也更具經濟效應，同時也很適合瑞士的雞隻。配方是四季豆粉加上血粉及含羞草粉，葉森將這些記錄下來，不過與奪下諾貝爾獎毫不相干。

* 海克爾（Haeckel）的胚胎重演律理論認為，所有物種源自同一祖先；由於不同生物之間，早期的胚胎構造很相似，因而發展出這樣的論述。

† 這裡的「博士」（magi）借用自聖經的故事，在耶穌出生時，有三名東方博士前來給予耶穌祝福。

一艘方舟

葉森瘋狂投入的習性也許是受到聖經的影響，根植於一段遙遠的閱讀記憶，那段他在莫爾日自由福音教會閱讀經典的日子。游牧者在某一刻停止流浪，定居了下來，四處採集的獵人搖身一變成為畜牧者或農耕者，成為亞伯或該隱。到了他父親用額頭壓死最後一隻蝗蟲的年紀，他也許會想是否輪到他了，或者他會從海克爾的理論得出結論，認為每個人的生命都以快轉的方式在人類歷史上不斷重複發生。然而動脈瘤並不會遺傳，現在他已經活得比他父親還久，他的方舟已在芽莊下錨了好幾年，未來還會有好幾年，只是當時他並不知道。

坐在書桌旁的藤椅上，葉森查閱機械期刊及獸醫雜誌，寫信到巴黎及瑞士：某日他進口了諾曼地及荷蘭種的兔子，某日又訂了天文子午儀、塞波萊蒸汽小艇、留聲機和十幾片音樂唱盤、或是保羅狄森的馬錶。每次船隻停靠港灣時，貨品就會從阿里巴巴的船艙卸下，水手在紫紅色的夕陽下，划向漁人岬頭，一整列的挑夫將一箱箱的貨品頂在頭上，沿著碼頭朝五醫師的房舍前進，醫師就在陽臺等他們。在葉森的貨物清單上，有一樣東西引人注意，因為在一封韓波署名於阿拉伯半島亞丁港的信裡提到：「我想要法國或國外最優秀的工具，數學的、光學的、天文的、電力的、氣象的、氣體力學的、機械的、水利和礦物學的機器設備，但我不碰外科手術器材。」

坐在陽臺的桌子旁，面對陽光普照的廣闊海灘，葉森慢慢吃著雞蛋、蔬菜、一點點的肉，然後只喝水，接著就將餐巾放下。這些菜或許包含了越南香菜的美妙滋味。其他時間，他照料動物，耕種作物，成了名符其實的農夫，居住於美景之中，遠離像是一場笑話的世界和紛亂的人群。葉森以昆蟲學家父親的細心和帝國開拓者的大膽拓展版圖，他參考葡萄牙的種植園規劃耕地，這類種植園現今在聖多美和普林西比*都還看得到。一塊位在斜坡上的長條形土地，從安南山脈的丘陵一直延伸到芽莊，一個測量氣候的樣本、一個垂直的莊園，像一大片毯子，葉森希望有一天能從山邊開展至海邊。他們不斷朝山上、朝更高的地方前進，開拓更大的耕種範圍，搭建一座又一座的休息站。每每在森林取得一塊土地，便立即播下牧

草的種子

農業部隊的人數愈來愈多，他們在鮫泉規劃了一個村落，就在研究院和新耕地中間，那兒還無人定居。在這一片處女地上，立起房屋的樁基、穀舍、菸草乾燥場、一間化學實驗室和一間研究員宿舍。葉森也在那兒打造有遊廊的平房，規劃出一個模範村落，一個古老的共和國，讓採集者及獵人成為農夫或畜牧者，他們可以成為亞伯或是該隱。葉森提供近百公頃的耕地讓人們在山上種稻。他也種植麻草，以供紡織之用。

他讓誠實憨厚的野蠻人穿上外衣。

＊ 聖多美和普林西比（Sao Tome and Principe）民主共和國，原為葡萄牙殖民地，一九七五年獨立。

進步的前哨站

有人開始指責他逃避，這種說法也並非全然有誤，葉森是鼠疫桿菌的發現者，也是瘟疫疫苗的發明者，他應當住在巴黎或日內瓦，主持一個實驗室或是掌管一間醫院，在科學研究院成為才學出眾的學者或要人。他們說他退隱至世界的另一端，窩在一個漁人村。他拒絕記者採訪，記者只好捏造不實的故事。有人說他獨自一人待在小木屋深處，如隱士般捻鬚踱步。他們將他描寫為瘋癲的國王，統治著一個民智未開的部落，在部落人們身上實行殘酷而超乎想像的實驗。一位富豪，在心思簡單的戰士面前，利用科學玩弄一些戲法，然後自稱是天上派來的領袖。一位暴君，利用瓦斯及電力的魔力，讓殘暴部落的人成為他的奴隸，他們崇拜他或為他獻上處女當作祭品。一個像克如智（Kurtz）*或馬黑納那樣的人，生性孤僻，遠離家鄉而發瘋。的確，芽莊第一塊用榔頭砸碎的冰塊達到了應有的效果，百達牌製冰機製造出了閃閃發亮的神奇白色冰層，人們摸了會凍手，魚放在上面直到隔天都還是新鮮的，這與在約旦河畔繁殖魚群的效果一樣好。

葉森將現代化的奇蹟與他對機械的喜好連結在一起，機械的油汙以及活動扳手就如同針筒和顯微鏡一樣，令他興味盎然，他喜歡白袍，也喜歡藍色的工作服。而且由於他是當地第一個擁有汽車的人，所以他也必須開設第一家修理站。「我剛剛才調整好我那臺塞波萊六馬力汽車，我昨天試開，行駛狀況非常完美。我今天開始為小艇裝上設備，那可會花上我十幾天的時間，然後我還得替實驗室的水幫浦裝上馬達，接著修理我那五馬力的塞波萊汽車，最後輪到我的摩托車和水車，我幾乎成了工程師。」

與傳說中在叢林迷失而發瘋的博士相反，葉森在第一次世界大戰前這幾年所做的事不僅平和，在旁人眼中甚至是艱難、人人避之唯恐不及的工作。他運用了他的觀察天分、對數字的愛好、一絲不苟以及力求精確的性格，投入於鐵路建設，計劃連接芽莊和藩朗。這些工程惡名昭彰，就像屠宰場，給人鋪設軌道必有死傷的印象。

當康拉德抵達剛果時，他立刻寫了《進步的前哨站》（*An Outpost of Progress*），接著是《黑暗之心》(*Heart of Darkness*),描寫比利時興建從史丹利湖到大西洋的鐵路時,火車工地的恐怖景象。達格缺(Daguerches)曾在小說《八十三公里》(*Kilomètre 83*)中,描寫暹邏—柬埔寨鐵路當中法國火車工地的嚴重死傷。葉森遇到負責衛生服務的醫師貝納(Noël Bernard),貝納後來成為西貢巴斯德研究院的舵手,稍後還成為第一位撰寫葉森傳記及卡瑁特傳記的作者。葉森知道如何調和自己的公共恐懼症與博愛的情懷,他與新助手和傳人瓦賽(Vassal)醫師合作——瓦賽剛在留尼旺群島替人接種鼠疫疫苗歸來——一起照顧芽莊鐵路工地的病人,兩人採樣並研究斑疹傷寒和瘧疾。「我們又再次陷於傳染病和霍亂之中,我的機械技工正在因為感染這種討厭的疾病而瀕臨死亡,而我們卻束手無策。」

每年收成時,團隊中的年輕研究員持續工作,包括化學家、動物學家、細菌學家和農業學家,而葉森則登上寶來加號——法國郵輪公司最新型的郵輪——航向舒適的路特西亞飯店,然後在巴黎待個幾天。這位神祕的博士,從叢林出來的探險家,沒沒無聞地走在街上,只有巴斯德幫的朋友和好友塞波萊認識他。塞波萊是天才型的工匠,他是法國第一位駕照持有者,也許也是世界第一位,他是第一個汽車製造商(雖然這些汽車都是訂做的),他推出了十一馬力的塞波萊汽車,他的事業因此登上高峰。亞蒙.標緻買下了塞波萊的引擎投入汽車製造業，後來年輕的路易・雷諾（Louis Renault）也跟進，塞波萊的牌子則隨著李奧・塞波萊而消失。布雪（Jean Boucher）為他創作的巨大雕像在十七區聖費迪南廣場上豎立起來。葉森和塞波萊並肩以每小時一百公里的速度在波維的道路上行駛。塞波萊過世後，葉森買了一部克萊蒙—貝亞十五馬力的汽車，從蒸汽汽車到汽油車，接著是一部魚雷斑馬汽車，後來就了無新意了。葉森開車兜風時，又想到另一個點子，他想要一架飛機。

雖然當時無法預知，但我們已經可以將那幾年以負號表示，計算距離一九一四年的災禍還剩多少時間。一九一〇年，或者說距離大戰前四年，路特西亞飯店終於開幕了，葉森選擇六樓的邊間，放眼望去就可以看到天邊的艾菲爾鐵塔。那年夏天，他在夏特機場與人約定試飛一架飛機，他穿上飛行裝，戴上大眼鏡和手套。第一次試飛時，他還很緊張，雙腿發抖地走下飛機，他寫信給愛蜜麗：「這些機械還只是危險的玩具。」葉森很欽佩路易・布雷歐（Louis Blériot）的勇氣，他前年獨自登上這類風箏飛機，橫渡英吉利海峽。他與老闆商議價錢，但最後因為印度支那沒有飛機跑道而延遲了購買計畫。他當然可以在芽莊建造自己的跑道，但是，若只有一條跑道，他將只能在當地飛行，這太無聊了。

兩年後，大戰前兩年，中國瘟疫復現，葉森擔心孟買事件重演。「當地已經有太多醫師了，我還是寫信給胡，告訴他如果我到滿洲地區對巴斯德研究院有那麼一丁點效益，他只需要發封電報給我，我會立即前往。」下一年，也就是大戰前一前，艾伯特．史懷哲出發到蘭巴雷內開設一家非洲醫院，他因此獲得諾貝爾獎。演奏管風琴的收入使他得以出資蓋醫院，後來他所錄製的巴哈唱片也成為資金來源。那時，葉森忙著種橡膠樹。

他成為栽種者，一開始收入還不錯，足以維繫研究院營運，接著收入大增，變成一座金礦。他看好汽車和腳踏車的發展，將盈餘放在香港上海銀行的保險箱，同時還買了一些股票。然後一九一四年來到，卡司東．卡瑁特在費加洛的辦公室被槍殺，饒勒斯在小酒館遇刺，七月則輪到塞拉耶佛。緊接而來的四年的壕溝戰與毒氣。葉森偶爾會將橡膠寄到克萊蒙費朗（Clermont-Ferrand），但他再也離不開他那正在擴充、愈來愈美好的天堂。

---

* 克如智為康拉德小說《黑暗之心》的人物，一位原本立志將西方文明帶往黑暗大陸，後來卻成為一位屠殺土著、掠奪象牙的白人侵略者，最後心神混亂身染重病而亡。

橡膠大王

他是安南第一位腳踏車騎士、第一位摩托車騎士及第一位汽車駕駛，接著順理成章成為第一位橡膠生產者。他在馬達加斯加期間，讀了一些科學期刊，密切關注工業及機械的進展，他對所有現代化的東西都很著迷，自然也絕對不會錯過輪胎。

自從十八世紀龔達明（La Condamine）和他的啟蒙科學團隊被派到厄瓜多，我們就知道印地安人會採收膠乳，他們用膠水密封捻縫。偶爾龔達明他們在亞馬遜的綠色地獄中，會意外找到野生的橡膠樹。英國人從巴西竊取種子，然後撒在錫蘭一列列的田地上。荷蘭人也在爪哇如法炮製，那兒很快就演變為政治及地理戰略上的衝突地帶。葉森前往爪哇。

他從巴達維亞前往茂物，「那兒文化發達，民情溫和，此外，還有火山群所構成的自然奇景，單單這一項，就使得這座島嶼趣味盎然。」他在麻六甲參觀了馬來西亞的種植園，挑選了巴西三葉橡膠樹的種子。當他種下第一批橡膠樹時，固特異早在五十年前就發明了橡膠的硫化技術，而十年前登祿普也做出了輪胎。他們開始在一百多公頃的土地上耕作，大戰初期每個月的膠乳產量可達兩噸。後來，他們與米其林的工程師接洽，不久生意就拓展至三百公頃，這是一隻金雞母，葉森思慮果斷，效率一流。

這項事業的成功也歸功於他與韋納（Vernet）的相遇。韋納是維蒙漢公司派往亞洲收集植物的農業學家，葉森也聘用他。葉森非常善於與知識比他淵博的人往來，傾聽他們的意見。成為安南第一位種植三葉橡膠樹的人還不夠，葉森還積極投入農藝研究。他們兩人構思標準程序，發表相關文章，包括土地化學性、施肥試驗、種子採集、膠乳硫化技術、橡膠乳管分化等。他們拔光幾棵樹上全部或部分的葉子，在這些犧牲小我的樹上進行實驗。他們得出結論，「膠乳中的膠水比例大部分取決於葉綠素的作用：在橡膠的製造中，樹葉扮演了重要角色。」

他們兩人發明了一臺機器，用來測試膠乳密度和膠水的含量，比立體攝影機還好用。他們編擬計算表，接著就意見不合了，葉森向卡瑁特抱怨：「韋納脾氣很差，自大得不得了，像騾子一樣固執，性格異常矛盾。」葉森打算直接與克萊蒙費朗的專家共事，請米其林再派一位工程師來芽莊。「米其林顯然比較有能力處理橡膠問題」。葉森也打算向巴斯德幫求援。「所以，我透過胡的引介寫了一封信給米其林。」

但是歐洲正值戰事，胡有其他煩惱，他被派到前線負責衛生救護的工作。巴斯德研究院與壕溝另一邊的科霍研究院都因為戰爭受徵調，而分別擔任兩陣營的智囊團。葉森被孤立了，他一直收不到法國方面的回應。他重新拾起朝聖者的手杖，在可蘭譜的陪伴下徒步山林中。從鮫泉坐了兩天的船，再經過兩天的攀爬後，他們在高海拔之處紮營，在涼爽的氣候以及綿綿細雨中，他們發現了昏巴嶺丘陵。

他們花了幾個月在那裡架設了一座氣象觀測站，測試動植物風土馴化的狀況，並且播種。冬天時，氣溫下降至攝氏六度，濃霧布滿丘陵，不見蚊子，河水奔騰。葉森在寒冷的叢林中興建一間瑞士小木屋。「我發電報給胡，問他在戰爭期間如果我到法國是否派得上用場，我等著他的回覆。」胡命令葉森留在亞洲。

他知道他無法再旅行了，他得放棄路特西亞，就像他放棄寶來加號一樣。可能是因為戰爭，也可能是他與韋納的爭執，他更加孤僻了，他開始習慣連續在那兒待上好幾個星期，隱居在那間丘陵上的小木屋。他到河邊汲水、思考，誰也不見，不發一語，自己劈柴。就像胡塞小弟*一樣，葉森如今擁有三棟處於三種不同氣候的房子了，都在他的領土上，他的領土已經擴張到五千公頃了，最終會擴張到三倍大。戰爭接近兩年了，陷入膠著，那是凡爾登戰役。†葉森端坐在小木屋，研讀鳥類學和園藝學，他將筆記本填得滿滿的。「現在有一些日本菊花正在綻放，這些巨大、蓬亂、美麗的菊花，欣賞它們真是人生一大享受。」

大概是為了消磨時間，他培養了一個新嗜好：收集蘭花，他到未受戰火波及的國家採集，參戰國的戰艦不會侵擾這些國家海上航行的船隻。從中美洲到太平洋，他將哥斯大黎加罕見的品種運送到芽莊，他建造了一座大型溫室，在中間架設攝影器材，理查牌的維哈鏡。他在暗房沖出他的第一批彩色相片。十幾年來的拍攝，累積了數百張相片，幾乎沒人見過，如今默默地存放在巴黎巴斯德研究院昏暗的檔案夾中。

愛蜜麗從莫爾日的無花果莊園寄來嵌插的樹枝，葉森在門前種了無花果樹。葉森研究樹木的栽培，學習嵌插法及壓條法，準備替他的果樹接枝，同時也馴化蘋果樹和李樹。「杏樹比桃樹更無法忍受潮濕的天氣」。他試圖改變村民砍樹及焚燒木材的作法——這雖然可以使森林裡在灰燼中長大的稻穀帶有一股好味道，但對環境來說，卻是一大災難。他發起了修復山林運動。在芽莊幫人馬的協助下，他們彙編當地樹種，紅檀、木莢豆、大果紫檀。當地的柚木只適合削成小短樁當作畜欄。大夥兒挖鑿苗床，在一公里長的壕溝中塞滿了腐爛的葉子與堆肥。

他在寄往巴黎研究院的信中繼續記錄這一切，好像與巴斯德幫維持過去寫日記給法妮的習慣。他寫信給胡：「我愈來愈熱愛栽種花卉，好想種上滿山遍野的花朵，希望有一天真能這麼做。我已經嘗試種植高山植物，也種下了越桔、藍色小龍膽，我小心翼翼地照料它們。」我們可以想像胡會對葉森的小心翼翼不以為意。或者，他會想起戰爭的事而勉強地笑著，炮彈中的世界末日景象，鐵絲網上支離破碎的破爛屍體。胡從前線暫時歸來時，身著沾滿泥巴與血漬的制服，手上配戴紅十字臂章，他解開了葉森寄給他的整疊信件，裡頭全是葉森對於藍色龍膽花憂心忡忡的描述。

繼海洋和山脈之後，現在輪到花卉。

何不養一些小鳥呢？

葉森於是開始打造鳥園，身旁盡是普通鸚鵡和虎皮鸚鵡，他到處收集珍奇的鳥類，放任牠們在蘭花園中自由活動。

巴斯德幫的人不再理會他，葉森於是與瑞士伊韋爾東動植物馴化園的可韓翁（Henry Correvon）展開書信往來。葉森向他訂購種子，徵詢他的意見。葉森的前幾本傳記將會提到他在芽莊種植了嘉德麗雅蘭屬及木槿屬植物、孤挺花、鸚鵡嘴花。在地勢較高的鮫泉，他種了莧屬植物和康乃馨，馬鞭草和海芋，以及仙客來和吊鐘海棠。在昏巴嶺則有玫瑰及蘭花。葉森在信中，列了只長樹葉而不開花的植物名單：桂竹香和風信子、水仙和鬱金香。他研讀植物學，花朵是植物的性器官。

也許它們就跟葉森一樣，決定不再繁衍後代。

他知道報紙編造出來的那些廢話，也讀了抹黑他的胡說八道故事。他們說他有一個小孩，而山上的一位女原住民其實就是五醫師兒子的母親，這位部落女子不管是法國政府或是安南國王都清查不到。以後還會有這類的故事，而且只會愈來愈多。也許葉森已經超越了表達情意的繁殖行為。他在實驗室花了不少時間讓發情的雄性動物與雌性動物交配，用公鼠的嘴巴去搓揉母鼠的外陰部加速交配，但卻從未發現任何帶有愛情的細菌。他顯然對鏡子與交媾帶著輕視，因為它們都毫無道理地使人類倍數增長。‡

葉森不再旅行，他已經環遊過世界，思考過事情的利弊，他知道世界縮小，四海同一，但要小心的是，「布爾喬亞的魔法會在我們走下馬車的每一處施展」§。現在他是一棵樹，成為一棵樹就是要靜靜地生活，不再東奔西跑，邁向一種美麗永恆的孤獨境地，奇異的無聊狀態！夜晚時，當他疲倦到腦筋空白，他只是原地踏步，他甚至不會向酒求援，他也許可以跟父親好好聊一番，向父親請教意見。別忘了，他現在已經比他父親更老，開始等待死亡，葉森對生物分解瞭若指掌，他希望就在這塊土地上腐爛消逝。

夜晚，他時常獨自與他的暹邏貓待在小木屋裡，重新閱讀巴斯德的文字。「如果微生物都從地球上消失，那麼地球表面將充滿各種動植物死去的器官及屍體。氧化成分主要是由微生物供應，沒有微生物，生命就不可能持續，因為死亡的作品亦將無法完整。」這就是生命存活的方式，盡快放棄年華老去的軀體，投身於另一個新的軀體，路過的生命僅以微薄的高潮快感，餽贈給這些在不由自主的情況下，對生命延續有所貢獻的軀體。一切不會無中生有，有生就有死。在生死之間，每個人都能像騎馬者一樣，自由地駕御平靜且正直的生活。史賓諾莎發掘了這種古老的斯多葛主義精神，以及唯一存在的是生命的內在力量。這純粹的原則，一切回復到創造的自然。¶生命是所有人都避免不了的一齣鬧劇。

他有點擔心，而戰爭尚未結束。將近四年的時間，兩兄弟國自毀前程，把成千上萬的孩童丟進壕溝的垃圾堆中。無庸置疑，他永遠再也看不到和平了，不論在巴黎或柏林。勝負未定，克列孟梭和胡，兩位醫師大步走遍前線。

---

* 胡塞小弟（Cadet Rouselle）是法國童謠，第一段第一句為胡塞小弟有三間屋子。

† 凡爾登為法國東北部洛林大區默茲省的最大城市，一九一六年的凡爾登戰役是第一次世界大戰中破壞性最大、時間最長的戰役。

‡ 此句典故出自波赫士的短篇小說《特隆、烏克巴爾、比斯·特蒂烏斯》（*Tlön, Uqbar, Orbis Tertius*），小說描述一個虛構的世界烏克巴爾，在小說的開始就描述說，「我所發現的烏克巴爾，就是一面鏡子與一部百科全書的結合。」

§ 此句出於韓波《靈光集》（*Les Illuminations*）當中的〈歷史之夜〉（Soir historique）。

¶ 創造的自然，nature naturante，史賓諾莎用語。

名留後世

當他闔上床頭書後，長官偉大的身影矗立於黑夜之中，他身著黑色大衣、戴著領結，雙眼湛藍，眉頭深鎖。陰影中的嘴巴複誦著葉森都可以倒背如流的句子：「既然瘟疫是一種原因完全不明的疾病，假設它是由一種特別的微生物所引起的說法也並無不合理之處。在進行所有實驗性的研究之前，都必須有某些先入之見作為指引，我們也許可以毫無顧忌，而且很有把握地以推測病原為寄生蟲的論點，著手研究此類疾病。」當巴斯德寫下這些句子，將微生物理論闡述為研究假說時，葉森才十七歲，當時他是一名在莫爾日高中菩提樹下極度用功的學生。五年後，他第一次為人注射狂犬病疫苗，十四年後，他在香港發現桿菌。

巴斯德彷彿早已幫葉森寫好所有劇本，

像控制實驗室動物般操縱他的人生，好像那半身癱瘓的老人無法旅行而將葉森送往香港代替他，將葉森年輕的雙腿、年輕的臂膀、年輕的藍色眼睛、尤其是將葉森準備好投入觀察的年輕精神運送過去。葉森的生命似乎呼應了巴斯德的預言，他在香港無意間因為少了恆溫箱，反而使他搶先北里柴三郎一步，在常溫的環境中發現了桿菌，而北里柴三郎還迷失於人體的溫度研究之中。他的發現不就是巴斯德老早之前寫下的句子：「在觀察的場域中，機遇只獨厚準備好的心靈。」

葉森是另一個巴斯德，是結晶學家年輕時的翻版，他在第二帝國時期跑遍歐洲，熱切地寫下：「我應該去第里雅斯特港，我應該去世界的另一端，我必須找到消旋酸」；年輕的巴斯德跳進出租車、跳上火車，從維也納到萊比錫、德勒斯登、慕尼黑、布拉格，在閣樓或樓梯的小房間進行研究，他拖著沉重的行李，裡面放滿試管、吸量管、針筒和代替人眼的顯微鏡，從夏慕尼攀登上冰海，抽取純空氣的樣本。

葉森發現這位從來沒有真正當過醫師卻顛覆醫學史的偉人，說不定會是一位優秀的探險家，他有這方面的體會，這種體會顯現在他對研究過程的描述：「在開發未知領域的路上，科學家如同旅人一般，登上愈來愈高的山峰，從那兒他不斷發現可以探究的新事物。」巴斯德過世前十幾年與斐迪南・德雷賽布（Ferdinand de Lesseps）一同造訪愛丁堡，享譽盛名的兩人前去拜會李文斯頓的女兒，李文斯頓是醫師與探險家，同時也是傳教士。* 幾年後，在地理學會的會議結束之後，巴斯德邀請葉森共進晚餐，詢問他的探險事蹟。在讀了葉森的毛族報告之後，巴斯德滿懷熱情地替他寫了推薦信，以其享譽國際的名聲幫助他，雖然當時葉森已經不想再談論科學研究，也離開了巴斯德的小幫派。葉森後來寄了一個漂亮的雕花象牙向巴斯德表達謝意，那個象牙至今還掛在巴斯德那間已成為博物館的公寓中。

夜晚獨自躺在昏巴嶺的小木屋中，遠離戰火，葉森已經年過五十，他對於自己的名聲並沒有過度的幻想，他很清楚他身後僅會留下只有醫師看得懂的兩個拉丁文：*Yersinia pestis*。

年輕的巴斯德寫過兩篇博士論文，其中一篇是關於化學：《亞砷酸飽和度研究》，另一篇則是物理方面：《液體的旋轉偏振相對現象研究》，當時他也沒有指望這兩篇論文要立即成功獲得迴響。

巴斯德的老師是畢奧（Jean-Baptiste Biot）。巴斯德在學生時期就參加過老師在法蘭西學院的入會典禮，聽過他的演講，那是資深學者給年輕學者的建言，勉勵年輕人投入純科學研究：「也許大眾不會知道您的名字，也不知道您的存在，但散布世界各地的一小群傑出人物會認識你、評估你、尋找你。只有全球知識領域的競爭者與同行有權欣賞您，為您分級，將您排在名實相符的位置，任何部長的影響力、王儲的意志或群眾善變的意見都無法迫使您下臺，就像他們也無法讓你高升，而您將始終如一地對待為您付出的科學。」

幾年後就輪到老巴斯德撰寫自己的入會典禮演說講稿，他披上綠色大衣，配戴有劍鞘的劍，向偉大的里特（Littré）致敬，這位實證主義者，也是孔德的傳記作者，這位詞彙學家選了microbe及microbie（微生物）兩個新字。演講一開始巴斯德就秉持一種謙虛的姿態。「本人再次感到個人的不足，若不是因為本人具有為科學帶來榮耀的責任感，也就是非關個人、你們賦予我的榮耀，我可能無顏站在這裡。」一如往常，實情往往更加複雜，這種謙虛的說詞只不過是一種修辭技巧。

演說掩蓋了一股強大的傲氣，因為巴斯德可是花了好幾年的時間樹立自己的形象。鋪張的排場以及歌功頌德，法國人這種毫無節制的嗜好，帶來了榮耀，也帶來了政治的紛爭。普遍主義和神聖愛國情操的強烈融合，使青年學子巴斯德，這位拿破崙時代的近衛隊老兵之子——路易．巴斯德，熱烈擁護共和體制：「這些自由、博愛的神奇字眼，同共和國重新復甦，在溫暖的陽光下，於我們這個世紀的第二十年誕生，我們心中充滿前所未有的感受，真的使人相當愉快！」

巴斯德對政治的關注，在葉森眼中也許很怪異，但這卻促使巴斯德在聲望高峰時，試圖爭取民眾的選票使他當選進入上議院，但他失敗了。葉森也很清楚巴斯德浪費無數時間與醫師布榭（Pouchet）、李比希（Liebig）和科霍爭論，反對自然發生說。評論和文章如同雕刻刀與槌子，大筆雕刻出一尊活生生的巴斯德像。科學院與醫學研究院之間存在著永無止境的論戰，密封信件的制度能夠確保巴斯德的發現領先他人，他最後的幾封信直到二十世紀末才公諸於世。在色當和巴黎遭受轟炸，並且簽訂了與後來的凡爾賽條約一樣可怕的「法蘭克福條約」後，巴斯德的榮譽博士學位證書被撕毀寄回德國波昂。英國人發出聲援，外科醫師李斯特（Lister）及倫敦皇家學會的生理學家赫胥黎表示：「巴斯德的科學發現本身就足以抵銷法國支付給德國的戰爭賠款五十億元。」而實情卻是法蘭西共和國必須繳納一筆錢給人性的最大破壞者。但是，巴斯德將會在大寫歷史中留下葉森不會擁有的名聲。

葉森知道自己是一名侏儒。

然而，其實他是一名夠偉大的侏儒。

若想名留後世，他得發明日常消費產品，因為二十世紀除了是一個野蠻的時代，也是品牌如雨後春筍般出現的時代。李比希、固特異、登祿普、安德列和米其林、標緻和雷諾這些人，人們不會忘記他們的姓氏，只會忘記他們的名字。

如果當時葉森的飲料就叫做可口（Ko-Ca）並使它商業化，他的名字也許還會閃閃發光。

夜晚他躺在昏巴嶺的小木屋，他父親與巴斯德在這年紀時已長期忍受腦出血。老巴斯德退隱到研究院在維爾勒丹的房舍，在躺椅上等待死亡來臨。如今巴斯德幫繼續稱這棟位於馬拉寇葛市的建築為卡許分部，那裡一直都是林木成群的自然狀態。當時正值夏天，陽光在樹葉間嬉戲，光點在地面上跳動，巴斯德內心平靜地等待即將在巴黎聖母院舉行的國葬。胡已將一切安排妥當，而且還拒絕將巴斯德混雜在萬神殿當中，他的遺體將會安置於研究院地下室中法老王式的小教堂，裡頭會有大理石柱、鍍金與拜占庭馬賽克。他心中激起幾個古老的字眼，這些字將會在喪禮的悼詞中再三強調：喜樂、英勇與正直。

全體人員都認同老哲學家的精神，簡單而無害的精神：依此行事，你的行為準則可視為所有行為的普世法則。

＊ 此句原文為pasteur，意思為傳教士，與巴斯德的名字是同一個字，為雙關語。

水果和蔬菜

第二天早上，葉森在寧靜及平和中醒來。他很高興小木屋旁邊的馬鈴薯、草莓和覆盆子適應當地氣候順利生長。四季豆和萵苣，甜菜根與紅蘿蔔。「幾天前，我吃到第一顆在昏巴嶺熟成的桃子。」綠草下的紅色土壤相當肥沃，一世紀後，大叻一直都還看得到葉森引進的園藝和植物，大叻的朝鮮薊與劍蘭被送往越南各地。難怪湖畔會有他的肖像。他的名字在當地比在巴黎有名許多。

回到芽莊後，他坐在短波收音機前，聽到貴婦小徑*的化學武器造成駭人聽聞的大屠殺。好像法國那兒的生活僅由黑與白構成，而芽莊這兒卻綻放著繽紛的色彩。他訂閱了哈瓦斯通訊社和路透社的電報，俄國人和美國人可能會在戰後瓜分歐洲，像凡爾登一樣，控制那些殘破之處和歐洲被翻覆的土地，分割爛泥巴、毒氣和死去的樹木。那兒好像啟示錄似的，而他的任務就是以他的亞洲方舟拯救歐洲之美。信件的寄送愈來愈不穩定，葉森也愈來愈與世隔絕。「親愛的姊姊，我好久都沒有妳的消息了，我們應該是遺失了一兩封信，也許是沉入地中海底了。」葉森記錄了馬賽－西貢航線中，德國魚雷擊沉的船隻及失蹤的日期。德拉西歐塔號、麥哲倫號，接著是後方派遣運送鮫泉橡膠的亞多號、澳大利亞號。

所有年輕人都去前線了，法屬印度支那有少數老巴斯德幫人士滯留。跳蚤專家西蒙離開巴西到西貢的巴斯德研究院，葉森向西蒙分享他對蘭花和攝影的嗜好，兩人重新通信。「我寫信給盧米埃向他訂購新式攝影感光板，一個月之內應該就會收到回信，屆時我會告訴您彩色照相底板在戰後是否持續生產或已停產。」

他也告訴西蒙他將與可蘭譜一起去健行，「為的是將熾張山珍貴的蘭花拍攝下來」。在同一封信中，他再次抱怨了有關他的謠言，那些記者四處傳播他的愛情與性的八卦，這些與可蘭譜的謠言如出一轍，而可蘭譜也只不過是一名單純的衛教醫師罷了。「接著我們到單身宿舍去，我一直都很有資格在那兒，我與一名英國女子結婚的傳言，根本是糟糕的謠言。

我很想知道卡瑁特的近況，自從開戰後我就沒有他的消息，我也不知道該將信件捎往何處，因為里爾還被德軍占領著。

向您致上熱切的情誼。」

葉森在筆記本記下植物名單，那些抗拒他精心照顧、拒絕離開歐洲、不願在亞洲這端土地落地生根的植物：紅醋栗、胡桃、杏樹，然後尤其還有葡萄；他在寄給可韓翁的信中，騰了這份名單，也許這封信永遠都無法抵達瑞士。他闔上農藝學的筆記本，打開動物流行病的筆記本，然後打開家禽筆記本，接著又蓋上，他皺起眉頭，想到一個點子。就像這樣，幾乎每五分鐘他就有新點子。他開始寫信給總督：「我想我們可以在這兒做些規劃，蒐集具裝飾作用的異國主要蕨類，這可以使我們山上美麗的景點成為名符其實的國家公園。」

信件彌封好放在整疊待寄的郵件當中，等待下艘船靠岸。不過現在他有更棒的點子。戰前由大都會寄到殖民地的物資，隨著歐洲戰事的擴大蔓延與無限延長，也愈來愈短缺，不過幸好還有草莓與覆盆子。這兒每兩人就有一位遭受瘧疾之苦，葉森三十年來從不間斷地服用奎寧。每次船隻遭擊沉，貨物就沉落大海。法屬印度支那到處都是冒冷汗、雙手顫抖的臉龐。接著，人們在達達尼爾海峽採取攻勢，瘧疾在部落蔓延，人們在馬摩拉海藍色的水面上翻腸倒胃地嘔吐。法國將實驗室生產的東西只留給東方的遠征軍隊。

葉森在圖書室重新翻閱龔達明的著作，他知道自己無意間成了龔達明的繼任者。這位龔達明，一樣是科學家和探險家，他是第一位從亞馬遜流域旅行歸來後、描寫橡膠樹和奎寧樹的人。科學研究院將龔達明的文章印刷出版成兩本書：《在奎寧樹上》（*Sur l'arbre du quinquina*）和《近期發現彈性樹脂的回憶》（*Mémoire sur une résine élastique récemment découverte*）。葉森寫信給爪哇的朋友，請他們寄幾株金雞納樹過來。他首度嘗試馴化植物。

這些樹無法揠苗助長，必須等上好幾個月才能知道昏巴嶺的土地適不適合種植。葉森知道爪哇的金雞納樹產量豐盛，因此他設法取得爪哇土壤的化學分析報告、年度溫度表和年度雨量圖，並在安南尋覓統計數據類似的地區。此時俄國，正值十月革命。

大家什麼都還沒見識到，這個世紀已經別具特色，十七歲的年紀已經是個嚴肅的小伙子，軍帽在額頭前面折起，嘴角含著菸頭，手槍滑進腰間。世界大戰造成幾百萬的傷亡後，接著是從莫斯科到海參崴的內戰，饑荒四起，斑疹傷寒到處傳染。葉森和芽莊的小幫派繼續在實驗槽播種，使用各種不同成分的培養基，添加不同分量的肥料。他們四處挖取岩心樣本，然後帶回實驗室。最後他們選定在大叻附近海拔一千公尺高的得朗高原。他們知道這需要幾年的時間，就跟到達無產階級的天堂一樣漫長。他們在距離芽莊八十公里的地方，發現一個更適合的地點，夷靈（Djiring）。

某天晚上，人們從廣播得知十一月十一日將停戰，這天也是阿波里內下葬的日子，炮彈射穿了他的頭顱。四天後，葉森在昏巴嶺的小木屋，重新拾起筆，拿出信頭印有研究院字樣的信紙。「親愛的卡瑁特先生，我很高興也很感動在斷訊四年後，我們能夠重新聯繫。」

通訊通了，脫險的人重返一般的市民生活。葉森雇用了一名植物學家安得烈．蘭伯（André Lambert），他先前曾在「金雞納公司」工作。自此他與葉森的友誼延續了十五年之久，兩人對工作同樣認真，也同樣喜愛登山。他們重啟研究工作，開始在《應用植物學期刊》聯合署名發表文章。

葉森將印度支那的巴斯德研究院交給未來替他作傳的作者，剛從前線歸來的貝納，後來他如此稱頌葉森：「像這樣大公無私的典範真是少之又少，為了使他人享有自主性，他退隱，而他本身也十分熱愛這種自主性。」葉森決定投入奎寧研究，他愈來愈常獨自待在山上的居所，待的時間也愈來愈長，四周圍只有他的鳥籠與暹邏貓。自從大戰結束後，他重新與胡和卡瑁特通信，信件內容有友情，也有科學研究，這些信成了他的日記。「辭世的實驗助理並非泛泛之輩：他是前安南國王的兒子」，他意外感染瘟疫身亡。葉森要求將這一切詳細記載下來，這樣人們才不會忘記在科學前線陣亡的戰士。「他叫做永琛，是一個心胸開闊而聰明的男孩」。

在法國，繼老胡和卡瑁特之後，出現了一群葉森不認識的巴斯德幫新世代。波德（Jules Bordet）從事抗體研究而獲得諾貝爾獎。路易—費迪南・德圖什（Louis-Ferdinand Destouches），也就是未來的塞利納（Céline）[†]，以及未來的諾貝爾獎得主安德列・利沃夫（André Lwoff），一起被送到羅斯科研究海藻。葉森再也沒有精力旅行了，郵輪的航程總是如此冗長，西伯利亞鐵路則落入紅十字軍手中。距離他第一次登上奧克斯郵輪，已經三十多年了，他的熱情早已消散。「這些長途的跨海旅行單調得嚇人，如果有航空服務就好了！」葉森，早個十年，說不定會想創立法國航空公司。

最後在研究院的要求下，他決定踏上一趟旅程。「比較適合我的船，波多斯號，將於十一月三十日自西貢啟航，我抵達巴黎的時間會剛好碰到新年慶典，麻煩的是那段期間大家都不上班，我會浪費時間！如同前幾次，我會住在路特西亞飯店，如果胡先生同意的話，我會跟他一起用餐。」

葉森離開之前在芽莊接待獸醫亨利．賈可多（Henri Jacotot），他是胡以前的學生，他前來負責訓練助理和衛生稽查員。植栽與畜牧的範圍持續擴大，自從船艦不再受到轟炸後，他們進口了不同品種的吉蘭丹或比色品種的羊群、不列塔尼的母牛和薩瓦省的公牛，以提高巴斯德滅菌法的牛奶產量。葉森這時已是鬍鬚蒼白的老牧羊人了，長棍底下有三千多頭羊群。現在已經有利潤了，多虧橡膠，以及隨後的奎寧，自此「葉森、胡和卡瑁特先生公司」便象徵性地以一法郎讓渡給巴斯德研究院，用以贊助研究工作。為了妥善牧養所有牲畜，他們持續開墾，播下黑麥草、三葉草和黃花草的種子。

在葉森受到農業促進會幾個獎項關注的同時，另一位巴斯德幫人，尼可（Charles Nicolle）以斑疹傷寒的傳染研究獲得諾貝爾獎。

---

* 貴婦小徑（Chemin-des-Dames）位於法國埃納省，為一秀麗的休閒步道。第一次大戰期間戰略位置重要，曾發生西線戰場的著名戰役。

† 路易—費迪南・德圖什（Louis-Ferdinand Destouches, 1894—1961），也是後來稱為塞利納的法國作家，塞利納（Céline）這個筆名來自他祖母與母親的名字。塞利納是法國文學走向現代的代表人物。

沃日拉爾路

這是真正的冬天，而不是他在昏巴嶺製造出來的冷冬，那個讓他以為置身洛桑的冬季時分。這次真的是天寒地凍，他們將鹽灑在地上。葉森這時已經六十多歲了，他穿著一件黑色大衣，戴著帽子和圍巾。他已七年沒回歐洲，也很久沒穿上這整身服裝和戴上手套了。

他再度於巴黎漫步，嘴邊呼出小蒸汽雲霧。他想起早已遺忘的湖畔童年時光。他面帶微笑，大批計程車呼嘯而過，他遲疑地穿越大馬路，這些車子在冰冷的空氣中，車尾的瓦斯排氣管也冒出了白煙。他想到朋友塞波萊從中會賺取多少財富，他看著輪胎，某些可能是用鮫泉的橡膠製成的。裝飾品在光禿禿的樹上一閃一閃地發光，葉森早就在收音機聽過這幅現代化和狂熱的景象取代了戰爭最末的屠殺場景。二〇年代走到一半，我們稱之為「咆哮的二〇年代」。巨大的鐵塔燈火輝煌，他回憶起鐵塔剛興建的樣子，而在他抵達巴黎四年後，鐵塔啟用了。那年夏天，他聽命取代胡教授微生物課，時逢法國大革命屆滿百年。他在這兒比在芽莊，更能感受大寫歷史的重量，以及生命在他肩膀上的重量。當年他才分別在馬堡與巴黎認識韋剛教授及巴斯德，如今他已經到了兩人當時的年紀了。他沿著當年發生革命和紛爭的協和廣場，一路向下走到梅吉瑟里河岸碼頭觀賞動物。天氣太冷了，鳥籠都被放到室內。

儘管他從來不去區分個人和研究院，但隨著動物疫苗、橡膠和奎寧帶來的收入日益增加，葉森成了有錢人，卻鮮少浪費。他在維蒙漢公司挑選了種子和鱗莖，百合和海棠，雞冠花和矮牽牛，仙客來、百日草、大麗菊、鷹爪豆和虞美人，然後將其中一份寄到馬賽，郵輪公司所在的碼頭，另一份寄到瑞士，像送一束花給姊姊。回到飯店，他對路特西亞的新住民感到陌生，當中包括當紅的作家，還沒去剛果的紀德以及尚未到巴西的桑德拉，兩名電梯人員臉上掛彩、手斷臂殘，戰爭下的殘廢者在胸前掛滿了獎章。葉森有七年沒到巴黎了，七年之間，他都沒有見到那些熟悉的面孔，法國的卡瑁特和胡，瑞士的愛蜜麗，七年實在太久，他有些迷失了。

早晨，他穿越飯店前的馬路，從塞夫爾—巴比倫車站的階梯走下來，買了張頭等車廂的票，搭乘第十二路地鐵，當時人稱的南北線，這條路線可以直達巴斯德研究院。「在我時常搭乘的地鐵中，吵雜的情況真是無法言喻。大馬路上，人群緊密，川流不息。巴斯德研究院所在的那個區域，沒那麼熱鬧，幾乎會讓人以為自己在鄉下地方。」他比較喜歡在那些安安靜靜的巷弄街道散步，杜朵街、志願者街，以及與之垂直或平行的街道，馬圖林—黑尼爾街、布律梅街或是布洛梅街。沃日拉爾這一帶在第二帝國時期歸附於巴黎，就在上個世紀的六〇年代，牧歐發現吳哥窟遺跡那年，以及巴斯德登上冰海的同一年。二十五年後，在國際捐助下，他們在那兒買下幾公頃的農地，在包心菜園間建造研究院。

二〇年代間，緊鄰著無菌的白色長椅，消毒過的針筒和顯微鏡，清潔有序的實驗室，有金箔與黑色大理石的拜占庭地下小教堂，這一帶的破房子和工廠都變成藝術家的工作坊與黑人酒館。工廠都移到更遠的郊區了，殘廢的實業家雇用了很多北非來的工人。而這些剛進駐的人，第一次世界大戰的倖存者，他們是尚未進入路特西亞的藝術家，無疑的，他們未來也沒機會走進去。無名小卒只能過苦日子了。繪畫與文學都是狗屎。布洛梅街的小幫派。身著黑色大衣的老男人在志願者車站，也許會與馬森（Masson）、雷希斯（Leiris）、德斯諾（Desnos）、米羅（Miró）擦肩而過，這些穿著夾克的年輕人會從經濟車廂下車。「志願者車站和著名的地鐵入口使我想起偉大的、影響我至深的高第，」加泰隆尼亞的畫家寫道，有一天將輪到他成為當紅畫家。

未來的鬼魂，帶著鼴鼠皮筆記本的男子像影子一樣尾隨著葉森，他在芽莊時也雙腳冰冷地跟著上船，然後陪伴葉森到處散步。在布律梅街上，天氣實在太冷了，兩名男子推開塞樂酒館的門，那是一間不受時間影響的小酒館，從二〇年代到現在，酒館裝潢絲毫不變，他們點了咖啡。

未來的鬼魂在筆記本抄錄了羅貝爾・德斯諾的句子，呈給葉森。「漫遊者有天下午在布洛梅街閒晃，在距離黑人酒館不遠處，他看到一座崩塌的大型建築物，雜草叢生，隔壁房子的綠蔭從牆壁上緣穿了過來，大門後面矗立了一棵堅實的大樹。這裡是布洛梅街四十五號，我在此住了很長一段時間，其中幾位曾經是我的朋友而現在還是朋友的人，將會記得我們來過此地。」這些人是另一個幫派的分子，亞陶（Artaud）、巴代伊（Bataille）或布勒東（Breton），如同加泰隆尼亞的畫家的回憶，在他成為當紅炸子雞之後，他回想起成名前的情況：「人們恣意飲酒作樂，那是白蘭地和橙皮酒的年代。他們搭乘地鐵，那條著名的南北線而來，這條路線成為蒙馬特超現實主義者與蒙帕拿斯落伍之人的連字符號。」

葉森聳聳肩膀，拿起他的大衣，戴好帽子。兒童樂園和十五區的滾球協會占據了昔日工作坊所在之處，今日人們在那兒放了一座加泰隆尼亞雕像，月光鳥，向羅貝爾・德斯諾致意，他被流放到布亨瓦德集中營之後，在泰雷津感染斑疹傷寒身亡。未來的鬼魂目送被溫暖黑色大衣包覆的身影逐漸遠離，葉森向上朝杜朵街走去，在門房室向約瑟夫・梅斯特打招呼。在與胡和烏爾曼（Eugène Wollman）開過工作會議後，烏爾曼繼續進行葉森桿菌的細菌學研究，因為這些討厭的細菌不停地爭鬥，葉森坐在卡瑁特溫暖的辦公室中，「我在那兒找到桌子的一角寫信」。

離開前，他與好友杜梅共進午餐，杜梅當時對政治還有野心，他的四個孩子都光榮戰死，他不久前加入左派聯盟，在白里安（Aristide Briand）執政下，再次擔任財政部長；如果他早知道未來的命運，也許會選擇向維蒙漢買些種子，在他的花園中種花養草，或者退隱到他一手建立的大叻浪平宮廷飯店。

葉森因為奎寧的植物馴化栽種，獲頒商業地理學會的獎牌，得到那一文不值的小玩意兒，在此同時，卡瑁特獲選為科學研究院院士，而葉森，將被人遺忘。他是另一個世紀的人物，距他戰勝瘟疫，三十年了。

葉森桿菌。

機器與工具

科學與思潮的時間不同於時鐘與日曆。葉森，他從大寫歷史退場。這是一位啟蒙時代的百科全書派人士。在他之前，龔達明就隨個人喜好發表地理和植物、物理和數學、醫學和化學類的文章。就像巴斯德一樣，他既是科學研究院的成員，也是法蘭西學院的一員。不過這位伏爾泰的朋友是在歷史留名的百科全書派人士，曾與迪德羅（Diderot）和達朗貝爾（d'Alembert）* 合作。葉森是個對什麼都愛碰弄一番的人，他是熱帶農業學家、細菌學家、民族誌學者和攝影師。他在微生物學和植物學方面的研究也相當傑出。接著他又有了另一個點子，和平的奇蹟帶來了空閒時刻，他重新聯繫上共事的夥伴。他坐在屋頂的藤椅上，眼睛盯著天文望遠鏡。

他將醫學研究交給貝納，獸醫研究交給賈可多，金雞納樹交給蘭伯，管理、後勤和會計交給《海防日報》的前記者安納托爾・卡盧（Anatole Gallois），這就是葉森的新團隊。他不想再談論動物了，轉而全心投入氣象學研究。他從巴黎帶回兀福（Wulf）的雙線靜電器，他製作了幾個大型風箏，繫上的是絞盤裡的鋼纜繩，將它們送上一千公尺高的雲端，村裡的孩子都鼓掌叫好。他要測量大氣電場，預測暴風雨和颱風。卡瑁特和胡對他的杳無音信感到憂心。「我讓風箏升起以探測氣候」。

就像中世紀的瘟疫一樣，氣候也是造成大量死亡的禍患。乾旱或霜凍，冰雹和暴風雨帶來饑荒和戰爭。在這裡，突如其來的龍捲風會讓許多漁夫失蹤。若能準確預測氣象，將能促進和平與繁榮。

葉森說服了熱愛天文的海軍水文地理學家費裘（Fichot）前來芽莊當他的鄰居。大四方屋有一條樓梯通往屋頂的露臺，屋頂下藏了一臺在耶拿訂購的蔡司望遠眼鏡和一個稜柱星盤。每天晚上，他們一起觀測天文。葉森研讀對數，訂購參考書來精進數學。他想要使他王國上方的天空，星星和彗星，與他地上的王國連在一起。他對克卜勒（Kepler）和布拉赫（Brahé）心生嚮往，想要同時成為那兩個人，既會觀察，又會計算，不論是在天上的學科或地下的學科。有時他明白人們先入為主的傾向，也許某天會有人將他與維梅爾畫作中的天文學家搞混，也許某座博物館在說明卡上會提到他的名字。從顯微鏡到天文鏡，他注意到無限小與無限大之間驚人的幾何相似性，而人類像是水母般漂浮於兩者之間。然而，葉森腳踏實地，將筆記本寫得滿滿的，他推進數學理論，並將得出的數據與天文觀察報告發表在《天文會報》上，這份刊物為相對論的先驅龐加萊（Henri Poincaré）所創立。葉森的光芒尚未熄滅。

得不到諾貝爾醫學獎，何不拿一座諾貝爾物理獎呢？

接著，屋頂因為負載過重而出現裂縫，他的天文研究於是宣告結束，但葉森又有個點子。他把天文儀器搬下來放在庭院中，讓早已對立體攝影機厭倦的孩童玩樂，天文工具成了玩具，其實還挺蠢的！年紀愈長，他也愈來愈喜歡孩童，他讓村裡的孩子坐上他的塞波萊蒸汽汽車，一起到海灣的群島上垂釣。他從巴黎帶回一架投影機，播放紀錄片和卓別林的電影給孩子看，小孩子邊看邊笑，再來點別的吧，接著是玩風箏，孩子一刻都停不下來。現在夠了，他又想到另一個點子，快！大家都出去吧！

他叫人裝了一組無線電報網絡，連接芽莊、鮫泉和昏巴嶺。通訊員在葉森的三間房子分別駐留一段時間，聯絡電報發送者及接收者，同時訓練葉森及他的夥伴使用無線電報。從此就可以交流訊息、交換氣象預報了，人們輪流跑去戴耳機。「可惜我們實在離得太遠，沒辦法收聽歐洲和美洲各個電臺發送的音樂會。」葉森一頭栽進技術操作中，他寫信給卡瑁特：「我個人的電力實驗室愈來愈進步，我很高興。我已經成功將波爾多的廣播節目錄到帶子裡，只是還不太穩定，這個季節大氣干擾嚴重，但若毫無困難，也就沒有樂趣了。」

故事到這裡，照理說應該有個笨蛋在這兒插旗了，他會自稱領袖，延攬民兵，下令創作一首歌功頌德的曲子，升起軍隊的彩旗，鑄造錢幣。瓦克（William Walker）以及他那短暫的南下加利福尼亞索若哈共和國。馬黑納和他的色登王國，布魯克（James Brooke）和他砂勞越的蘇丹王國。配上一個講臺和一支麥克風，一件制服和一副墨鏡。就是一名領導，一名蘇丹，一位保大帝。何不娶一名好萊塢的妻子呢？因為他的王國比摩納哥大太多了。

用無線電交談很方便，但是實際從芽莊到鮫泉，再從鮫泉到昏巴嶺，光划行獨木舟就需要好幾個小時，接著還要騎馬播種，最後還要將產物運送下山。他現在計劃將領土拓展至兩萬公頃，他的「影響範圍」包括山區，這還不包括天上的部分。科學研究院因為他巧妙的發明而頒發獎金給他，他用這筆錢興建一條三十公里長的彎曲道路，成為一位土木工程師。「與其讓承包商來做，我寧可親自指導這項工程，在安南該隱們的協助下，我將使這裡的道路固定傾斜百分之十」，有時我們還得爆破石塊。「我們用碎石來建造填土工程的擋土牆，用乾燥的石塊進行填土工程。」他給胡的信件這樣結尾：「用這種方式減低工程費用，有利於我們的人事，不用去養一些不勞而獲的中間人，我用了一項非常方便的英國建造工具，叫做道路助繪器，畫出道路的輪廓。」

這條路讓強大的發電機組得以運送到小木屋那兒，因此能夠裝設照明設備讓鸚鵡開心，也能啟動水錘揚水器灌溉小塊土地和薔薇叢。葉森在法國訂購了一臺雪鐵龍半履帶車，與跨越撒哈拉沙漠的那些車子是同一款。葉森總是一派若無其事，甚至從來不曾訂定目標，但橡膠和金雞納國王卻累積了收益。苦行主義的葉森，獨自在大帝國中打造出自己的王國。

若是他有得到諾貝爾獎，說不定就會自己建造一座小機場。

＊ 迪德羅（Denis Diderot, 1713—1784）是法國啟蒙時代的思想家，他是《百科全書，或科學、藝術和工藝詳解詞典》（*Encyclopédie, ou dictionnaire raisonné des sciences, des arts et des métiers*）的主編，達朗貝爾（d'Alembert）為副主編，龔達明也參與了這項計畫。

金雞納國王

金雞納樹十五歲了，產量豐富，一九三〇年葉森六十七歲時，每年已經可以生產好幾噸的奎寧，橡膠樹的風險，受制於氣候與動物。「目前鮫泉有一群野象造成不少損害，牠們破壞道路、毀損電報線。」

一九三〇年，一位原本沒沒無聞的革命家，改了幾次名字後，現在叫做胡志明。十年前，他參加了圖爾會議，法國共產黨的創立大會，祕密創立了印度支那共產黨。當他還叫做阮必成時，曾在法國讀書，也曾在倫敦與勒阿佛短暫居留。他當過輪船上的廚師，也許葉森在飄洋過海的途中曾與他擦身而過。葉森已具備竹子般的纖細優雅、燦爛的微笑，但還沒有托洛茨基式的小鬍子，他一點都不相信革命那套論調，為了實現夢想而殺人。不像年輕的韓波，早在圖爾會議的五十年前就寫出《共產主義者的制憲計畫》（*Projet de constitution communiste*），韓波死後也許值得頒給他一張第〇號共產黨員黨證。一九三〇年，杜梅，社會主義的叛徒，成為上議院議長。巴斯德幫的波艾滋（Louis Boëz），因為接種而意外感染傷寒。波艾滋從此長眠於大叻，與在前線戰死的細菌學鬥士重聚於《印度支那巴斯德研究院檔案》。

隔年，巴黎有一場老利奧泰籌資的殖民展覽。他們在凡仙森林建立了一個吳哥窟的翻版。葉森與蘭伯並未前往參加，但藉此機會出版了一本金雞納樹栽培的小冊子，風格又是一首實用詩學的作品：「磷酸的作用幾乎難以解決，越南東京的磷酸鹽反應不明顯。阿爾薩斯鹽形狀的碳酸鉀只有些微反應，雖然這片土地缺少石灰，但增添石灰似乎沒有產生正向反應。石灰氮、石灰的硝酸鹽明顯產生有害作用，這組的好幾棵樹根都完蛋了，活下來的樹根也比其他組生長緩慢。」桑德拉的詩句恰可生動地描述葉森的一生，「桑吉巴的鑼，叢林的猛獸，X光速度的手術刀。」

隨著蘭伯卒於四十六歲，葉森周圍開始有大批老友相繼身亡。他為研究院的科學家生平檔案集撰寫老友的哀悼文，友情是唯一矛盾地含有理性的感情，而不是一種激情。葉森「痛苦地回憶起曾被工作夥伴或朋友優異表現超越的經驗」。對朋友的描繪永遠像是一幅自畫像，賦予自己在鏡子裡想要見到的德行。「他是一位有個性、有責任感的人，他交友謹慎，一旦成為朋友，他就會以率直的態度、信任堅定的心維持忠誠的友誼，而且全心付出。」

最終，不論有沒有對抗瘟疫的疫苗，大家都知道沒有對抗朋友死亡的疫苗，這一切有些徒勞無功。人們也許會對自己身為成功的表率感到驕傲，但也可能不會。自孩童時期，葉森那禁錮於圍籬中的理性就不容半點熱情滲透，就像不鏽鋼一樣，內心的反應從未跨越禁閉的圍牆，若有一點點裂縫，就會造成災難、爆炸、毀滅、沮喪、憂鬱，或更慘，胡說八道的文學與藝術，幾分熱度的科學。然而也因閥門承受了壓力，使零星迸出的想法，在旋移間源源不絕發射出來，在各個領域創新發明。無疑的，對於他的名字是否為人所知，葉森不太在乎；無疑的，他做這些事情完全是心甘情願，他心滿意足。

人們處於溜滑梯頂端，即將面對下一次世界大戰，葉森不知道現在可是未來主義者的詩學了。他把《印度支那大氣電力的幾項觀察》這樣的作品寄到法國，由科學研究院出版。杜梅當選法蘭西共和國總統，葉森繼續退隱在昏巴嶺的高山上，世界在他背後轉動，他毫不在意。歷史和政治上的這些醜事，他認為可以永遠不去理會。如果他讀過波特萊爾的個人主義宣言，應該會深表同意。根據波特萊爾的說法，只有經由個人，才能達到真正的進步。葉森是孤獨的，群眾從來無法成就偉大的事，葉森討厭人群，聰明人與群眾的數目總是不成比例，天才總是孤獨的，群體性的委員會只能達到倉鼠等級的清明度，而眾人聚會則只能發揮草履蟲等級的敏銳度。

某晚，人們在收音機旁得知俄國醫師帕維．葛路洛夫槍殺了杜梅，究竟是出於瘋狂或法西斯分子的狂熱，我們不得而知。

許多作家都是杜梅的朋友，洛地將作品《吳哥窟的朝聖者》（*Pèlerin d'Angkor*）獻給杜梅。他遭刺殺當天，洛地的朋友法黑（Farrère）就在杜梅身邊，與洛地一樣，他也是博斯普魯斯海峽上的水手，此外還是研究院院士，大戰前以在西貢活動的故事《文明人》（*Les Civilisés*）獲頒龔固爾獎，根據收音機的報導，他在宴會的事件中也挨了一顆子彈，不過事後康復了。很久以前，杜梅與葉森一起攀登丘陵直達浪平高原，在那兒建立了大叻市。很久以前，莫爾日的孤兒和歐里雅克的孤兒，他們兩人也曾一同溯著湄公河，從西貢到達金邊。

五十年前，歐里雅克的牧羊人曾邀請巴斯德，感謝他使羊群擺脫炭疽病的威脅，他們送給巴斯德一個大型雕刻獎盃，上面有顯微鏡與針筒的圖案。在懸掛彩旗的梧桐樹蔭下，在一列銅管樂隊前，出現了農業促進會幾頭戴桂冠的羊兒。市長致詞時，對著穿著黑色大衣、帶著領結、有著藍色眼睛的男人說：「我們的城市歐里雅克不大，或許您在這兒找不到偉大城市中的傑出居民，但是在這兒您可以發覺居民能睿智地感受到您的善行，並且永世難忘。」聚集的人群中，歐里雅克的孤兒當時還只是一位數學教師，這份記憶，一直保留到二十年後，他在河內建立衛生醫療中心時，請了巴斯德幫的葉森來統籌管理。

一九三二年，杜梅遇刺，愛蜜麗死於瑞士，就在她的雞籠旁，她與葉森的魚雁往返因此結束。同樣在一九三二年，另一位前巴斯德幫的醫師，巴斯德幫的叛徒，改行當作家與小說家，發表了他的作品《長夜漫遊》（*Voyage au bout de la nuit*）。

亞歷山大和路易

十八歲時，這位施華瑟拱廊街的蕾絲女工之子，簽署了一份為期三年的合約。他被分配到第十二重騎兵團，駐紮於朗布依埃，職等是較低的中士軍階，食宿均包。但其實這不是個好點子，一九一四年馬上就到了。二十歲獲頒軍方勳章，身上卻有百分之七十五有毛病，這使他的肖像登上《畫刊》的封面，不過至少他不會遇上凡爾登戰役。這位和英國友好的英雄人物後來被派到英國，他造訪喀麥隆，那兒的德國人已遭驅逐出境，他搖身一變成為烏班吉河僧伽公司的冒險家，步行三星期後抵達喀麥隆的比歐班伯，在那兒罹患瘧疾和痢疾。

路易—費迪南．德圖什在非洲體會到葉森在亞洲的發現，葉森寫給法妮的信中提到：「歐洲人無法瞭解這種野外的自由與享受，因為歐洲的一切都由文明支配。」

這兩人對歐洲而言成了迷途羔羊。

戰後，一九二〇年初，未來稱為塞利納的人此時是醫學院的學生，在巴斯德研究院獲得實習機會。他與年僅十八歲的利沃夫（André Lwoff）一同被派到羅斯科學習藻類和細菌學。塞利納準備著塞麥爾維斯（Ignace Semmelweis）的論文，那是一位匈牙利的衛生保健醫師，也是巴斯德的前輩，他的天才未被世人理解，人們將他拘禁在精神病院，他在那兒反抗，最後被工作人員毆打致死。對天才來說，不是得到金箔與大理石的裝飾進入萬神殿，就是穿上綁住精神病患的囚衣，兩者只有一線之隔。塞利納身為優秀的巴斯德幫人，在論文中向身著黑衣、打著領結的巴斯德致意。「巴斯德，以一道強勁的光芒，無庸置疑全面照亮了五十年後的細菌真相。」

他當上日內瓦國家協會的衛生保健醫師，於美國、加拿大、古巴完成了各項任務，也許他一度對科學生涯、對諾貝爾獎懷抱夢想，但最後卻不了了之。他將如韓波轟炸詩壇一樣，翻毀小說界。他在巴黎郊區開了一間診所，在夜間謄寫自己的文字，再也不想聽到醫學研究之類的事，這令人想到葉森當年面對卡瑁特和羅何一再請求時的回答：「況且，我毫無意願，不想再回到巴斯德研究院了。」

小說中，路易．巴斯德成為比歐度黑．約瑟夫，一位郊區醫師，一九一四年從倒刺、泥坑、屍體堆的戰場上歸來，不論在勝利之前或之後，也不論有無紀念碑或旗幟以及政治上的謊言，他見到貧苦的人過著一樣的生活。貝特這個孩子將死去。「接近第十七天時，我告訴自己最好還是問問比歐度黑．約瑟夫研究院的人，徵詢他們對於這類傷寒病症的看法。」

他把研究院描述的像是一場浩劫，郊區的醫師說那裡一片混亂，臭氣沖天，實驗室的技術員利用免費的瓦斯燉煮火鍋，就在那些「開腸剖肚的小動物屍體、菸頭、損壞的瓦斯嘴、籠子、放置正處於窒息狀態小老鼠的缸瓶間烹煮」。巴斯德幫的人也許會對葉森的壞榜樣和背叛議論紛紛，但也會想起他的幾句話：「一旦嚐過自由與野外生活的滋味，他們過的實驗室生活在我看來幾乎成了無可想像之事。」

醫師遇見一名覺悟的老學者巴哈賓，老學者曾經是他的老師，當時老學者還相信科學與他的研究。下垂肩膀上的黑色大衣布滿了細屑，白色的鬍子被菸草染成黃色，他嘲笑雄心萬丈的年輕助理。「我那些裝腔作勢的動作中，最些微的部分都令他陶醉，所有宗教不也如此嗎？長久以來，神父難道不是信仰其他事務更甚於他們的好上帝，然而教堂的職員卻依舊相信，而且堅信不移？」*

葉森：「科學研究非常有趣，但巴斯德的話非常有道理，他曾提到，除非是天才，在實驗室工作必須夠有錢，否則即便在科學界享有盛名，還是會過著悲慘的日子」。

塞利納：「因為這位比歐度黑的關係，近半世紀以來許多年輕人投身科學研究，結果造成無數失敗者，就像音樂學院的畢業生一樣，大家都在奮鬥幾年後一無所成」。

年輕懊惱的醫師將見到「偉大學者比歐度黑的墳墓，在研究院的地下室中，金箔與大理石間散發出高品味布爾喬亞拜占庭式的懷想」。小說出版後八年，德國人闖進研究院，約瑟夫．梅斯特不願見到德軍褻瀆地下小教堂和鑲嵌的裝飾。

在最後一顆子彈穿過前，他腦中閃過什麼？為何他從一九一四年的戰爭中帶回蹩腳的木槍？為何二十年來，他不斷擦拭、上油，並將它包裹在抹布中，再悄悄塞進抽屜深處？自然是他認為這武器對他門房的工作派得上用場，廟堂的守衛，終極的堡壘。也許，身為阿爾薩斯人，他知道勝利是短暫的，有一天又得重頭開始，因此他必須好好看守巴斯德的遺物，如今老巴斯德也過世四十五年了。德國人嘲笑這名試圖擋路的老人，自以為比馬奇諾陣營更強大似的，他們推撞他、把他趕走。他們走下階梯朝金箔與大理石的裝飾前進，小老子逃跑了，他可曾再見到狗兒、獠牙、從嘴中流出來的白色泡沫呢？爆炸聲。機關槍的保險卡槽跳起，一聲令下，隨即往樓梯衝去。後來我們得知老人倒臥於血泊中，一生僅完成了一項任務：第一位狂犬病的痊癒者使巴斯德的理論獲得驗證，這是一隻實驗室的白老鼠。

* 老學者過去的科學信念已經幻滅，對小說作者而言，在宗教中，人們盲目地相信自己不瞭解的事務，完成不知其所以然的動作儀式，那些教授宗教的人，如神父也不相信，但是教堂職員卻深信不疑。作者用來譬喻醫師的情況，醫師依舊堅信科學與醫學，而醫師的老師卻全然覺悟，不再相信了。

準老學究

好幾年來，貝納和賈克多掌理店鋪、開發疫苗，為狂犬病開設狗窩，為豬瘟開設豬圈。人們從手工時代到工業時代已經很久了，從一九一四年前的幾千劑到現在已經可以生產十幾萬劑疫苗了。疫苗團隊的成員在芽莊受訓：裴光芳將在那兒當實驗醫師二十五年之久，實驗助理黎文多和吳崖、還有他們的同事也是一樣。這些人當時都還很年輕，就像我們一樣無法想像未來會發生什麼事。到了印度支那戰爭時，他們已經是上了年紀的老人了。

因為那時更嚴重的事還沒出現在我們眼前，第一次世界大戰只不過是暖身而已，俄國的戰火和莫斯科到海參崴的血腥畫面都還不算什麼。某日，這個世紀來到了三十三歲，耶穌與老亞歷山大都在這年紀與世長辭，不幸的是，這些世紀並未就此打住，反而持續了幾百年；小混混到了人生全盛時期，搖身一變成為幫派首領；在柏林，藝術收集者希特勒與戈林掌握大權；同年在巴黎，卡瑁特與胡在兩週內相繼過世。

胡與巴斯德一樣有資格接受國葬，他被葬在研究院的院子中，這是最後一位埋葬在這院子的人，否則，接下來的幾代必得踏上前輩學者的屍骨，才能抵達實驗室。他們將胡的名字刻在連接巴斯德大道的杜朵街的其中一段。在塞利納的小說中，胡是袞尼塞，而巴哈賓「將袞尼塞描述為因狡詐而迅速成名的人，那種最可怕的怪人，甚至還指控他犯下多起滔天大罪及駭人聽聞的罪刑，罪刑多到可以裝滿整整一世紀的監獄」。葉森：「在學術界，比起其他地方，也許有更多的嫉妒、不義和失望。」

自從卡瑁特和胡過世後，葉森成了巴斯德幫最後一位倖存者，在他過世前的十年期間，他一直擔任總研究院的榮譽主席。每年，他都會搭乘法國航空離開西貢，下榻路特西亞飯店，主持這個機構的教廷會議，卡薩布蘭卡、塔那那利佛、阿爾及爾、德黑蘭、伊斯坦堡等其他地區的巴斯德研究院主持人都會前來與會，葉森自己還代表了河內、大叻和西貢的研究院以及順化、金邊、永珍的獨立實驗室。

一九四〇年五月開完最後一次會議後，他最後一次搭乘氧化鋁製的小白鯨歸來，葉森在他的方型大屋舍中，耳朵戴上聽筒，試著以收音機保持對外聯繫。時序已來到一九四三年，由於德軍納粹勝利，巴斯德研究院即將消失，要不然就是變成科霍研究院或北里柴三郎研究院。

不過，過去一年同盟國在北非登陸，對德軍與日軍而言，事情開始變得不妙。戰事不明，巴斯德幫的烏爾曼，繼續研究著葉森桿菌的噬菌體，他們曾建議他，就像其他巴斯德研究院的猶太人一樣遠離巴黎，趁當時還有機會前往自由區，但他拒絕了，最後他在研究院被法國警察逮捕，與太太一起被送到德朗西。他在奧許維茲集中營過世，未來的英雄和細菌學的諾貝爾獎得主都加入法國二戰時期的抵抗運動。安德列．利沃夫的團隊偷偷為抵抗軍生產疫苗。這些葉森全都不知道，三年多來，他原地打轉，馬上就要八十歲了，他在等待結束，個人生命的結束或戰事的完結，他在河岸邊的方型大屋中，坐在陽臺上的搖椅，等待。

十年來，卡瑁特已成為一個老學究，胡也變成了一個老學究。自從很久以前，在郵輪上發現「posh」這個時髦字眼後，葉森就瞭解英語中以縮寫造字的習慣。不過歐洲白人老學究（dwem）這個字是美語，只是英國人、法國人或是德國、義大利人都囊括在內：「已逝的歐洲男性白人」。與胡和卡瑁特一樣，但丁和達文西、巴斯德或烏爾曼，巴斯卡、歌德或貝多芬、馬拉、庫克、加里波底、韓波、賽萬提斯、麥哲倫、伽利略或歐幾里得、莎士比亞或德‧夏多布里昂，這些人不久之前才被稱為偉人，現在就像是被大頭針別住的各種昆蟲標本，死掉的歐洲白人被釘在鞘翅目的卡片上，那是古代一種徒然而奇怪的收集方式。葉森寫下遺囑。

胡就像巴斯德一樣崇敬共和國及三格言，那三個詞缺了任何一個都會失去意義，自由並非放肆，缺少平等也就無從自由，反而可能成為熱情的受害者。平等也許一開始是運氣，最後成為應有的尊重，因此應該明令禁止遺產贈與，除非有深厚的情感，但必須限制在一定範圍內，主要部分還是應該還給群眾。

「我留給法屬印度支那巴斯德研究院的遺產包括，我叫人興建的建築物、所有家具、電冰箱、無國界電訊傳播組織接收器、照相機、還有我所有的圖書、所有科學儀器。地球物理、天文學、氣象學等方面的科學儀器，萬一巴斯德研究院的人不會使用，可以移往富連的中央觀測站。我想要撥給我的老夥伴及忠誠的安南服務員終身年金，由我在西貢的上海香港銀行購買的長期債券的利息來支付，在鮫泉的卡盧先生為持有人，賈可多先生樂於負責分配這些年金給服務人員：阿養、勇、尤其是第一線的西，接著還有我的園丁阿禎、幫我照顧鳥兒的阿悠、阿織、所有我身邊由賈可多先生認定核可的人員。」

信封封印後交給了賈可多，並且附帶了幾句話：葉森要求舉行小型越南喪禮，在第五十天時奉上香柱和祭品，插上白色旗幟，焚燒還願的紙錢、在過世者的壇前奉上一碗米、一顆水煮蛋、一隻煮熟的雞、一簇香蕉。他想要葬在鮫泉，在芽莊和昏巴嶺之間，在世界的中心以及葉森王國的中心。現在一切就緒，他選定了地方，也畫好範圍，他將他那好幾萬公頃的王國帶回到二平方公尺的範圍。

葉森，在美景中等待，這位天才，也許其實是有心理問題的人，他幾乎什麼都不欠缺，一位天才的生命盡頭會比塞麥爾維斯平靜許多。但是我們可以想像，萬一他意外被關進精神病院，或許他也會反抗。他想要遠離世界，關閉在自己的檢疫站中，一個與世隔絕、遠離病毒、政治、性和戰爭的花園。他孤立地封閉於他所追逐的異想世界四十年。他有可能會在榮耀的頂點跌落谷底，一如常見的情況。像是小說中的結局，謀殺案件、一次反彈、某個極端或荒誕的事件、一個可笑的贓物，也許會染上偷竊癖或酗酒。但葉森全都沒有，他沒有變成任何一項，他依舊保有人情義理。

在這些生活及漩渦中，葉森的生活不亞於別人，他是一個理性的人，從來不被熱情牽著走，他是希臘光明中的人物，在四根哲學支柱中他選擇了斯多葛派和伊比鳩魯的花園哲學，而非亞里斯多德的逍遙學派或柏拉圖學派。最後一次旅程中，他帶回了古典學，這是個祕密。夜晚在大方屋中，疲倦的藍色眼睛戴著眼鏡，葉森翻閱希臘文和拉丁文，遮住法文，用鉛筆翻譯。這是最後一個祕密和最後一道謎題，只有在死前，才會輪到他變成「歐洲老學究」，現在他就只缺第一個字的縮寫而已！

長廊下

葉森將附有拱廊的方型大屋建造得很堅固，在颱風夜裡，這棟大建築物幾乎可以容納沙洲村所有漁夫和家屬，也可以接待孩子前來閱讀從巴黎帶來的繪本。葉森等待著，他知道他就要死了，只是時候未到，他從第二帝國一直活到第二次世界大戰，一個人的生命也是歷史的測量單位，日本人還沒來到芽莊，這是一場對抗死亡和對抗日本人的賽跑，現在他是一名希臘人物，他留意著海面上的情況，也許會有敵人來襲。

歐洲戰事未斷，這兒則發生太平洋戰爭，美國人無所不用其極，先是贊助胡志明的越南獨立同盟會與占據越南東京的日本人對戰，搞定這最重要的事情之後，接著又支援法國人。在地下反抗運動中，越南的史達林派和托洛茨基派自相殘殺，芽莊的小幫派處於兩者之間。夜晚，在整理與清潔實驗臺後，賈可多和貝納前來長廊與老主人見面。

有時，年輕的作家宮守元也會加入談話，他活到下個世紀，百歲後才過世。他經歷了法屬印度支那的三場戰爭，反抗法國人、反抗美國人、接著是對抗紅色高棉。他活得這麼久，看到了共產資本主義的興起，那是胡志明無法想像的事情。那些夜間談話用的是法語。葉森講了一口實用的越南語，毫不細膩，但能溝通。阮福瓊在成為記者之前，也是漁夫之子，他曾在這間大方屋裡嬉戲奔跑，他記得，「葉森使用越南語的特色之一，就是他常用大家（người ta，等同法文中的 on）這個字，三個單數人稱與複數都這樣用，動物與人也都這樣用。」

面對海洋，在鳥籠與花朵之間，在海盜鸚鵡與海浪聲之中，賈可多和貝納做著筆記，各自撰寫葉森的一生，他母親與姊姊已經過世很長一段時間了，法妮的無花果莊園遭到變賣，愛蜜麗的小木屋也是，愛蜜麗身後亦無後代子孫，葉森在歐洲自然是了無遺跡，而歐洲也可能變得了無遺跡。那年，大家都在問兩大陣營中誰會啟動核子武器，奧本海默認為美國人，而海森堡則賭德國。也許只有亞洲得以倖免。誰能想到，另一位巴斯德幫分子莫拉黑，有一天會重新發現這些仔細保存的信件，並將之送到巴斯德研究院的檔案中心。

他們讓葉森以為這些寫給法妮和愛蜜麗的信件，那些組成他生命的真實故事早已消失不見，於是他回答他們的問題，他如何發現桿菌、戰勝瘟疫。他離開瑞士到德國，離開巴斯德研究院到海上郵輪公司，從醫學到民族誌、從農業到樹木栽培，他如何在法屬印度支那成為細菌學的冒險家、探險家和地圖繪製者，在抵達色登前，他如何利用兩年的時間跑遍毛族領土。兩名科學家詢問他的那些點子與發明，園藝和畜牧、機械和物理、電力和天文、航空和攝影，他如何成為橡膠大王與金雞納樹大王，他如何徒步抵達湄公河的芽莊和金邊，最後在南中國海偏僻的村莊生活了五十年，兩名科學家記下滿滿的人生事件，他們見到葉森的藍色雙眼，而那雙眼睛曾經見過巴斯德的藍色眼睛。

未來的鬼魂見到老人坐在搖椅上，從清晨的白金色坐到夜晚的銅色。沉浸在古老的幸福時光中。葉森知道他不可能再爬上昏巴嶺的小木屋，也不會再到鮫泉的農場了，他想像動物在草中漫步，他的蔬菜、花卉和水果成長趨緩。他很瞭解人類軀殼底下的狀況，面對海洋和地平線，他坐了下來，他意識到他的細胞在消逝，或者複製得愈來愈慢，（當時還不甚清楚的）去氧核糖核酸的訊息會有愈來愈多的錯誤或干擾。不過至少自從巴斯德起，大家都知道一切不會無中生有，有生就會有死。他呼吸著夜晚歡樂的氣息，讓沒有戴帽子的腦袋沉浸於風中。

葉森不是普魯塔克式的人，他從來不想在大寫歷史上有所表現，與《希臘羅馬名人傳》中的偉大生命不同。葉森的生命像是兩條平行線，同時構成叛徒與英雄的一生，葉森的一生完全不會成為必須避免或值得模仿的例子，也沒有任何行為準則供人遵循：他只不過是一個試著獨自駕駛一艘小船的男人，並且駕馭得還不錯而已。身後的海拭去走過的痕跡。夜晚，他在別人的協助下來到他的書桌，他重新學習希臘文與拉丁文。

未來的鬼魂

葉森的時代，芽莊顯得很遠，因為它距離歐洲十分遙遠。時至今日，芽莊成為世界的中心。位於太平洋海岸邊，而太平洋連接著大西洋，大西洋又緊連著地中海，墨西哥則在對面，對阿卡普爾科港來說，歐洲才是遙遠的國度，在地球的另一端，位於星球上有陰影遮蔽的那一面。如果說大叻市，時間像是靜止於平靜的湖面以及浪平宮廷飯店的廳堂，那麼芽莊這座城市絕對稱得上現代化。

如果葉森今天來到巴黎，再次住進他在路特西亞的那個房間，也許他不會那麼不自在。

追隨葉森環遊世界的未來鬼魂，可能會下榻位於葉森街和海洋大道交界處的亞斯卡飯店，那是一座大家可以在曼谷或邁阿密見到的玻璃高塔飯店，布爾喬亞式的航空郵車可以讓人們隨處下車。芽莊是一座海水浴場，俄國人和北越人時常前來旅遊。越南統一後，在距離芽莊三十公里處，金蘭市的大型美國軍事基地成為蘇聯的基地，芽莊唯一的國際航線就從莫斯科出發，俄國人飛來此地一方面能享受熱帶氣候，另一方面也能從海岸邊一整排榔頭與鐮刀圖案的紅色旗幟之中緬懷過去。亞斯卡餐廳的菜單有三種語言，越南語、英語和俄語。但廁所只有英語，這是為了促使俄國人邁向多國語言，或者是向昔日的老大哥開玩笑呢？因為標示上寫著：水龍頭的水不可飲用。

在葉森街和巴斯德街的街角，二〇一二年二月的時候，工人日以繼夜地在芽莊大飯店工作。鬼魂朝巴斯德研究院逼近，幾年前漁人岬頭的方形大屋遭到破壞，裡面所有東西，從天文望遠鏡到氣象器材，全都移到研究院的附屬建築中，並開了一間小型的葉森博物館。在那兒可以見到重建的葉森辦公室，完全用深色木頭來裝潢，還能見到過去銅製及黃銅打造的科學儀器。未來的鬼魂坐在葉森的搖椅上，望著牆上的遠征地圖，桌上有一本葉森為毛族寫的書，上面有一個已經廢除的慣用詞：「山胞，山地人」，現在人們傾向稱之為「少數民族」。在大叻周圍有喇族、克賀族、賀耶族，在油泉有嘉萊族。

書架上，有好幾百本法文與德文著作，遍及各種領域，屬於大寫歷史的書籍。這圖書館也許也收藏了芽莊第一批巴斯德幫人的書，貝納、賈可多以及卡盧。葉森是否讀過雅藍・傑伯（Alain Gerbault）那本《歸途中的船上日誌》（*Sur la route du retour – journal de bord*）？

在他的書桌，維吉爾的詩在雙倍空行的格式下，以拉丁文打字出來，葉森用鉛筆在空行間一句一句翻譯。他以越南語記下的備忘清單、一張在巴黎與盧米埃的合照、他在一九四〇年五月三十日最後一次搭乘飛機的機票，葉森坐在十二個位置中最棒的一個，K座位，單獨坐在飛機的左後方，機票上列出提供乘客享用的酒精飲料，標示出威士忌、白蘭地、香檳的牌子。在德國人無可奈何地目睹法國航空最後一次起飛後，有錢的逃兵繼續飲酒作樂。一九四〇年六月的最後一次回程中，他在西貢站在小白鯨的階梯上拍下一張照片。

從這兒朝北往河岸方向步行三百公尺後，原方型大屋所在之處，現在矗立著一座旅館，供給整個越南社會主義共和國功勳彪炳的警察休憩。滾滾而來聲響巨大的波浪打在史維特拉納餐廳的露臺，在不適合開放的季節，餐廳關閉，警衛讓一名外國人進去躲避紛紛的細雨，但人們無法阻擋鬼魂進入，他坐在喧鬧的大浪前，眼前只見一望無際的地平線。

漁民讓位給旅館，他們集中到河流對岸的一個新村莊落腳。橋墩下，一間年久失修的咖啡廳只供應兩種飲料，茶與咖啡，牆上不合宜地掛了五張已逝歐洲男性白人的肖像：巴哈、貝多芬、愛因斯坦、巴爾札克與拿破崙，既無葉森也無巴斯德。然而這兩人在越南非常受到敬重，他們的名字也總是掛在街角，巴斯德是湄公河三角洲盛行的高臺教中的聖人，葉森則是距此不遠處、沙泉礁寶塔中的一名菩薩。鬼魂坐在人行道旁的塑膠椅上，觀察越橋過河中，那些川流不息的汽車與摩托車。葉森是第一位將汽車帶到這裡的人，也是第一位拍下這美麗海灣的人。

昔日的漁人岬頭，今日的沙洲村，已經沒有漁夫了，從這兒去昏巴嶺，必須穿越城市到中華路，朝北方與河內的方向，走右邊的岔路，接著得繞行三十公里的蜿蜒山路。少數民族燃燒開墾低矮的山丘以種植樹木，桉樹和相思樹，也種下雞腰果樹來收取腰果。還有香蕉園、玉米、鋒利的高草叢，竹屋前母雞成群，被引擎聲驚嚇的小牛踩著碎步小跑著。一小時之後就會見到警察紅白色的柵欄和哨所，在這樣的雨季，時常會遇到岩石坍塌和地面路滑的情況。位置高一點的地方，讓人彷彿置身叢林，宏都拉斯或薩爾瓦多的叢林，在每一個轉彎處往上一層，氣溫就會跟著下降，天邊烏雲密布，霧氣降臨。當狗群在霧中吼叫，道路上形成泥濘的大水窪時，會讓人感覺這一切永無止盡。

四名男子在此生活，遠離一切，兩名守衛看守重建的葉森木屋，對面的小山丘則有兩名身穿勞動服的森林看守員，他們之間有一棵百年茶樹。木屋裡有幾件黑木家具及葉森的床鋪、一些科學器材，衣櫥中有一個舊行李箱，雲霧像香菸一樣從敞開的門窗進入，一切都濕漉漉的，好像剛上漆一般。在大型蕨類植物的森林中，守衛在雨中找到舊時的馬廄和動物飲水槽以及挖空的石塊，當時用來撒下第一批金雞納樹種子的容器。被狗兒叼起的棕色的大蜥蜴跳到樹上，底下是翻騰的河水與黃色的沖積土。稍後，坐在潮濕的小木屋中，面對滾燙的茶水，取下軟趴趴的水蛭，這些笨蟲還以為可以從一個鬼魂身上吸血。

回到芽莊的半途中，在鮫泉，也就是今天的油泉，田地入口有一個漆成藍色的柵欄，一副扣鎖、一組用來聯繫守衛的電話號碼。另一邊，戴斗笠的牧羊人手持長棍，在白色大鳥的陪伴下引領羊群。朝向實驗農場的路上，沿途有馬櫻丹、甘蔗、菸草及水稻。接著是一個石頭斜坡，沿路農民揮動著鐮刀，彷彿有某種象徵意義，天藍色的墳墓位於小丘陵的頂端，沒有任何宗教的符號，只是幾個大寫的字：

ALEXANDRE YERSIN（亞歷山大．葉森）

一八六三—一九四三

左邊一座橘黃色的香爐插滿了香，越南這塊天藍色、二平方公尺的土地位於葉森王國的正中央，葉森找到合適的位置與形式，於此安息。人們可能會像描寫聖人那樣寫下葉森的一生，一位隱士退隱至寒冷叢林中的小木屋，排斥社會的羈絆，過著隱居的生活，他是一隻熊，一個野蠻人，一位前所未有的天才，一名才華洋溢的怪人。

小幫派

比起他的生活，他可能更喜歡人們描寫他的小幫派。小幫派圍繞著科學的化身，那位身著黑衣、戴著蝴蝶領結的人。小幫派到世界各地散布巴斯德滅菌法，清除世界上的細菌。他們當中很多人都是孤兒或沒有國籍，他們認了一位父親，頓時也有了個祖國。除此之外，當時接近傳染疾病就像搭乘木製飛機那樣危險，所以這群人也是大膽的冒險家。這是一個孤僻的幫派，當中包括粗暴的謾罵和堅不可摧的友誼，他們是微生物革命中積極行動的小團體。

巴黎的火山大爆發後，炙熱的火炭無意間掉入沙漠和森林，勇敢的年輕人將試管、消毒蒸鍋、顯微鏡裝進皮箱，跳上火車和船隻，衝向傳染病疫區，頗有騎士精神和巴斯德精神的味道。他們像揮動刀劍般揮舞著針筒，失根的西班牙貴族、流亡者、外地人和外國人，跑遍世界各地。胡，那位康佛藍的孤兒在巴黎掌舵，匯集各項科學新發現，一個團體儼然成形。巴斯德幫處處與科霍幫競爭，手腳非得快一點不可，地圖上還有未知的領域及不明的疾病，一切都還有發展的可能。醫學世界是個全新的領域，但他們都很清楚，這事兒不會持續太久。他們正處於絕佳時機，大有機會將他們的拉丁文名字與細菌的名字連在一起。他們採用巴斯德的方法成功對抗了狂犬病，藉由抽取、認定、培育病毒、削減毒性獲取疫苗。他們受益於快速的交通工具，例如蒸汽機，使他們能在傳染病爆發時火速抵達當地。不過是短短幾年，禍患像是荷馬史詩中的怪獸，相繼遭到擊潰，痲瘋病、傷寒、瘧疾、結核病、霍亂、白喉、破傷風、斑疹傷寒以及鼠疫。

不少人因此戰死沙場，圖利耶跟著胡到埃及研究霍亂。圖利耶是物理組大學教師資格考的狀元，他才剛從俄國的一項疫苗注射活動歸來。年僅二十六歲的他，已經發現豬丹毒桿菌或稱紅熱病的病原，還與胡、巴斯德和尚伯朗一起發表一篇論文：〈認識狂犬病新訊〉。胡與圖利耶一抵達亞歷山大港，圖利耶隨即染上霍亂身亡。那兒遠離色當，遠離政治，處於休戰狀態，兩大敵對陣營往來友善，根據胡的說法：「圖利耶過世的消息在城內傳開，科霍和他的夥伴立即前來慰問，他們以最美的詞句悼念我們親愛的亡友。」科霍在此次競賽拔得頭籌，他在描述霍亂弧菌前，「科霍手持喪帳一角，我們一起為同志抹上防腐香料，他躺在一座蓋上棺木的鋅製棺材中。」安息吧，同志。與在芽莊因瘟疫而喪命的貝沙斯和永琛，以及在大吻過世的波艾茲，重聚一堂。

巴斯德死後，小幫派的凡人使徒移居各大洋洲，開設研究院，傳播科學與理性。隨著船艦的啟航，他們不停地從世界的一端送信到另一端，這些用羽毛筆寫成的信件，以第三共和國實證主義的語言撰寫，句法無懈可擊，他們若不全是米什萊，至少也是吉耐*等級的人物。有學問的科學家知道愛情、樂趣和管風琴這三個字在法文複數形式時為陰性名詞。†就像水手一樣，他們指出了自己所在的方位，卡瑁特先是到阿爾及爾，接著到西貢，然後是里爾。卡胡諾離開芽莊到塔那那利佛。羅何繼雪梨後，又創立突尼斯市的巴斯德研究院，接著於羅德西亞研究狂犬病，然後前往蒙特婁教授生物學。尼可在伊斯坦堡，後來韓林捷接替了尼可的位置，隨後又到丹吉爾。烏克蘭的猶太人哈佛欽在加爾各答開設了一間實驗室，白俄羅斯的猶太人烏爾曼被派到智利。西蒙在法屬蓋亞那待了幾年後，前往喀拉蚩終結了瘟疫的歷史，隨後又到巴西研究黃熱病。

葉森在芽莊由電報得知每位老朋友的死訊以及年輕倖存者散落之處。就像胡一樣，他也沒有子嗣，或者這是一個謎。康佛藍和莫爾日的孤兒選擇巴斯德做為他們精神上的父親，那麼他們的兒子也是精神上的兒子。實驗室助理將成為研究員，葉森在這個不屬於他的世界顯得蒼老，巴斯德的最後一名夥伴依舊健在，他不會提筆撰寫回憶錄，這種書不會討他歡欣，而我管的又是哪樁閒事啊！

當然，與其只寫一些環節，不如寫下一連串的事件，半世紀長的一系列事件。巴斯德選擇梅契尼可夫，後者選擇烏爾曼，歐傑尼．烏爾曼，他從智利回來後便著手研究葉森桿菌的噬菌體，在他兒子參加反抗運動期間，他被關進了奧許維茲集中營。戰後，其子艾利．烏爾曼（Elie Wollman）被安德列．利沃夫選中，在他的實驗室中與賈伯（François Jacob）一起工作，賈伯在倫敦時曾加入自由法軍，參與了從諾曼地到利比亞的戰鬥，他們兩人重啟了歐傑尼．烏爾曼的研究。賈伯、利沃夫和莫諾（Monod）一同獲頒諾貝爾獎。在加入反抗運動前，莫諾與維克多（Paul-Emile Victor）於三〇年代一起探勘格陵蘭。獲得諾貝爾獎二十年後，利沃夫寫下〈路易—費迪南．塞利納與科學研究〉一文。因為不管做什麼，在一個積極的團體中，就算像葉森一樣逃得遠遠的，或者像塞利納一樣毀謗別人、叛逃到文學界，也永遠逃脫不了小幫派的關注。

文學，這是葉森生命中最後一道謎題，直到他死後人們整理他的文件才發現。他管到文學這事兒來了，而且還上了癮，他現在知道「這並非胡說八道」。韓波從拉丁文而來，而葉森在拉丁文中結束生命，比古柯鹼更強大、最後的癮癖成了他唯一的敗筆。

賈可多在整理他的書桌時，發現葉森的地下小翻譯工作坊，書籍和紙張，封面上有貓頭鷹或母狼。八十歲的年紀，他重新學習拉丁文與希臘文，遮住左邊的頁面翻譯，就像是寫下一個偉人的人生一樣。創造雖受到限制，但卻如小提琴在樂譜上享有自由，拉起琴弓，E弦輕快起飛，柔和的低音旋律。賈可多驚訝之餘，崇敬地記下：斐德羅和維吉爾、賀拉斯、撒路斯提烏斯、西塞羅、柏拉圖和狄摩西尼。無疑的，葉森在當中讀到古老的價值，那也是他自己的價值，簡單而正直，平靜而有分寸。最後他愛上文學，並且一直嗜愛孤獨。

---

* 米什萊（Michelet）與吉耐（Quinet）皆為法國歷史學家。

† 法文中，愛情（amour）、樂趣（délice）和管風琴（orgue）單數時為陽性。

大海

偶爾他會想起與圖克戰鬥時的舊傷，被長矛一擊刺進的肋骨與裂開的大拇指。他的雙腿再也無法支撐身體了，他坐在搖椅上，但並不是枯坐在那兒什麼都不做，他的老腦袋深處迴盪著巴斯德說過的話，那就像是一道指令：「一天不工作，我就像是犯下一樁竊盜案一樣。」他想出最後一個點子——觀察潮汐。

他幸福孤獨的生活，將在簡單的日子和無窮盡的好奇心之中進入尾聲，就像在肯尼士堡的康德，不過葉森卻不必為了楊柳樹或隔壁鄰舍的鴿子而煩惱，他是這塊土地與風景的主人。從方型大屋舍的露臺往外看，左手邊是河口與沉入海浪的山脈，右手邊則是綿延好幾公里的海灘。河口與海洋的垂直處是研究潮汐的絕佳位置。他記下月亮的座標，測量低潮線和係數、還有潮差，叫人製作刻度表豎立在潮水中，上頭懸掛著電燈。葉森坐在搖椅上，膝蓋上放著筆記本，他用航海望遠鏡觀察夜中的燈火。

德顧司令是法屬印度支那的總督，他在領地遭侵占後撤退到大叻市。他叫人送來航海用的星曆表。德顧覺得無聊，他離開河內市的皮吉涅皇宮，不想再見到城中日本武士列隊操演。他和內閣成員在面湖的浪平宮廷飯店安頓下來，一座湖泊，對一位司令來說實在太小，簡直是種侮辱。炸彈在地球各處爆炸，同盟國的坦克車占領利比亞的庫夫拉，朝北邊疾行而去，日本神風戰機的駕駛，衝向美國的驅逐艦，紅軍衝破德軍前線朝波蘭前進，貝當被軟禁在維琪公園的旅館，德顧則在浪平宮廷飯店與湖水相望。法國的偉大閣下在水鄉之都受到庇護，就像天花板下其他穿著輕便拖鞋、白色浴衣的閒散溫泉療養者一樣。該找點事情來做吧！

德顧司令叫人拆除飯店中美好年代的裝飾和鑄型，他要求在西貢安鄴廣場、後來成為國會的戲院也依樣拆除。如果沒有這位司令的話，這種來自猶太人或共濟會靈感的洛可可風格，可能會讓法國身陷無底深淵之中。他追求德國品味中那種嚴格、謹慎、莊嚴樸素的角度。這些善變的大寫歷史，以及這樣的盲目，十年後，在奠邊府戰爭中，又將促使法國前來美化和擴張大叻市的高爾夫球場，因為他們預期戰勝後，法國軍官會想來這裡遊憩。大叻市，一座烏托邦之城，建造於浪平高原上青翠而未曾開發的草原上，人們曾經夢想有天將它變成整個印度支那的首都，現在則變成連日本人都看不上眼的小地方。司令在飯店走廊來回踏步，也許穿著華麗的白色軍禮服，也可能還穿著睡衣。他為庫存的白蘭地與香檳感到憂心，一見到日本武士，就非得將酒全數投入湖底不可，就像自行鑿沉船艦一樣，以免拱手讓給敵人，他很清楚土倫港之役和米爾資比克港的戰爭。只是日本人一直都沒有出現。

兩年後，就在原子彈轟炸廣島前六個月，巴黎解放後六個月，昭和天皇的部隊在所有戰場都失利的情況下，法國軍營遭到憤怒的日軍襲擊，等日本人等了五年的法國人，早就鬆懈了防備。日本人屠殺軍人，將市民軟禁在軍營中。當地人白天阿諛奉承日本人，夜裡則向越盟通風報信。他們翻動字紙簍和司令的書桌，找到葉森的最後一封信，隨即通知游擊隊員：帝國主義者在芽莊研究潮汐，也許正準備登陸。

在他死前幾天，葉森感謝司令送來飲水和星曆表，這是他的最後一封信。「當我蒐集到足夠的數據後，我會冒昧地以曲線圖的方式，向您報告觀察結果。」他們馬上就要替他慶祝八十歲生日了，他猜到他們背著他準備一些慶祝活動。在他與助手陳光西用望遠鏡記錄的空檔，他翻譯希臘文，他身後唯一發表的作品不會是自傳：賈可多在這些後韓波式的標題中選擇了巴斯德幫人喜歡的：「在芽莊觀察到的潮汐水位圖，由葉森博士在芽莊的屋舍前根據水位紀錄繪製而成。」他將這份資料送到《印度支那研究協會公報》。

午夜十二和清晨六點，接著是晚上六點，葉森記下觀察紀錄，填入筆記本的表格，這本筆記至今還保存在芽莊的博物館。有時，他睡著了，他的視線有些模糊了，死亡常常是不舒服的，他在醫院中見識過。他在海浪聲中漂浮，在諾曼地的拖網漁船上或在頭等艙中，旁邊有奧克斯、窩瓦號或西貢號上的銅器或上了漆的木頭。黑潮像是喃喃呢語般緩慢漲起，鹹水在河口啪啪作響與淡水融合，一陣昏昏欲睡中，他慢慢陷溺在一股奇異的憂傷中，彷彿被漲起的海水淹沒。有時，一句巴斯德的話響起，「主要是經由發酵與緩慢燃燒的動作，分解的自然法則才得以完成，一切活過的東西都將回歸到氣體的狀態。」

此處只存在夢想之物。漁夫點亮捕魚燈，航向大海，如果有人受傷，就得替他打疫苗預防破傷風，冰箱中就有這疫苗。明天，魚兒在冰上閃閃發亮，蝦子在魚簍中活蹦亂跳，陽光在海面上或在他的眼皮後方起舞。他又想到一個新點子，明天他要吃蝦子或是帶根的蒲公英，他自問是否曾想過在昏巴嶺栽種蒲公英，他現在有點記不清楚了，他的思緒緩慢地淹沒，在渾圓而皎潔的月亮下是黑水和海潮的呢喃。水漲到電力工作坊保險絲的高度了，得馬上啟動自動斷路器，他必須起身，離開搖椅，但他辦不到了，幾道短路的閃光，一條血管在腦中爆裂，清晨一點鐘，光線熄滅了。

謝詞

首先向巴斯德研究院院長愛麗絲・杜特利教授致上謝意，感謝她准許我查閱愛米爾胡街的檔案，謝謝阿聶斯・黑蒙丹尼斯館長和丹尼爾・德孟黎耶在資料收集方面的支持和提出珍貴的建議。還要感謝巴黎的陳輝和、陳輝環、陳輝明。莫爾日的吉歐蒙・多門在火藥方面及我們在赤道地區的旅遊調查，從基多到赤道紀念碑，追尋龔達明的足跡。西貢方面則要感謝我的友人飛利浦・巴斯格和陳氏夢紅，大叻市巴斯德研究院院長阮廷俸、副院長陶氏葦華，芽莊巴斯德研究院葉森博物館的館長張氏翠娥，大叻市葉森高中的校友，也是現任教師的陳廷壽魁在這些地區充當我的翻譯，我也要感謝昏巴嶺附近的守衛，感謝他們的接待、茶點和我們一同冒著雨在森林中散步，朝著葉森的足跡前進。

綠書系
住在故事裡 O8

瘟疫與霍亂

Peste et Choléra

作者	派翠克・德維爾（Patrick Deville）
譯者	林韋君
越南文翻譯審定	羅漪文
總編輯	莊瑞琳
責任編輯	李晏甄
封面設計	黃思維
排版	宸遠彩藝

社長	郭重興
發行人兼出版總監	曾大福
出版	衛城出版
發行	遠足文化事業股份有限公司
地址	23141 新北市新店區民權路 108-2 號九樓
電話	02-22181417
傳真	02-86671065
客服專線	0800-221029
法律顧問	華洋法律事務所 蘇文生律師
印刷	盈昌印刷有限公司
初版	2014 年 8 月
定價	280 元

填寫本書線上回函

瘟疫與霍亂 / 派翠克・德維爾(Patrick Deville)著；林韋君譯.
－初版.－新北市：衛城出版：遠足文化發行, 2014.08
面；　公分.－(綠書系. 住在故事裡；8)
譯自：Peste et Choléra

ISBN 978-986-90476-5-4（平裝）

876.57　　103012527

本書獲法國在台協會《胡品清出版補助計畫》支持出版
Cet ouvrage, publié dans le cadre du Programme d'Aide à la Publication «Hu Pinching», bénéficie du soutien du Bureau Français de Taipei.

ACRO POLIS
衛城出版
Email acropolis@bookrep.com.tw
Blog www.acropolis.pixnet.net/blog
Facebook www.facebook.com/acropolispublish

● 親愛的讀者你好，非常感謝你購買衛城出版品。
我們非常需要你的意見，請於回函中告訴我們你對此書的意見，
我們會針對你的意見加強改進。

若不方便郵寄回函，歡迎傳真回函給我們。傳真電話 —— 02-2218-1142

或上網搜尋「衛城出版 FACEBOOK」
http://www.facebook.com/acropolispublish

● 讀者資料

你的性別是 □ 男性 □ 女性 □ 其他

你的職業是 ______________________ 你的最高學歷是 ______________________

年齡 □ 20 歲以下 □ 21-30 歲 □ 31-40 歲 □ 41-50 歲 □ 51-60 歲 □ 61 歲以上

若你願意留下 e-mail，我們將優先寄送 ______________________ 衛城出版相關活動訊息與優惠活動

● 購書資料

● 請問你是從哪裡得知本書出版訊息？（可複選）
□ 實體書店 □ 網路書店 □ 報紙 □ 電視 □ 網路 □ 廣播 □ 雜誌 □ 朋友介紹
□ 參加講座活動 □ 其他 __________

● 是在哪裡購買的呢？（單選）
□ 實體連鎖書店 □ 網路書店 □ 獨立書店 □ 傳統書店 □ 團購 □ 其他 __________

● 讓你燃起購買慾的主要原因是？（可複選）
□ 對此類主題感興趣
□ 參加講座後，覺得好像不賴
□ 覺得書籍設計好美，看起來好有質感！
□ 價格優惠吸引我
□ 議題好熱，好像很多人都在看，我也想知道裡面在寫什麼
□ 其實我沒有買書啦！這是送（借）的
□ 其他 __________

● 如果你覺得這本書還不錯，那它的優點是？（可複選）
□ 內容主題具參考價值 □ 文筆流暢 □ 書籍整體設計優美 □ 價格實在 □ 其他 __________

● 如果你覺得這本書讓你好失望，請務必告訴我們它的缺點（可複選）
□ 內容與想像中不符 □ 文筆不流暢 □ 印刷品質差 □ 版面設計影響閱讀 □ 價格偏高 □ 其他 ________

● 大都經由哪些管道得到書籍出版訊息？（可複選）
□ 實體書店 □ 網路書店 □ 報紙 □ 電視 □ 網路 □ 廣播 □ 親友介紹 □ 圖書館 □ 其他 ______

● 習慣購書的地方是？（可複選）
□ 實體連鎖書店 □ 網路書店 □ 獨立書店 □ 傳統書店 □ 學校團購 □ 其他 __________

● 如果你發現書中錯字或是內文有任何需要改進之處，請不吝給我們指教，我們將於再版時更正錯誤

____

____

____

____

____

請沿虛線剪下

廣　告　回　信
臺灣北區郵政管理局登記證
第 1 4 4 3 7 號

請直接投郵•郵資由本公司支付

23141
新北市新店區民權路108-2號9樓

衛城出版 收

● 請沿虛線對折裝訂後寄回，謝謝！

ACRO POLIS 衛城出版

綠書系
住在故事裡

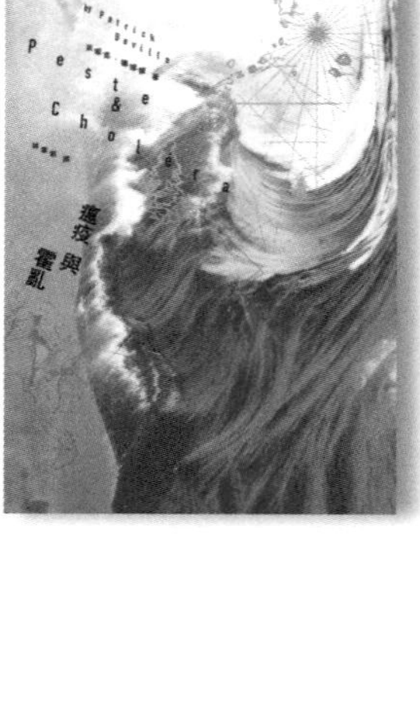

ACRO
POLIS
衛城
出版

ACRO
POLIS
衛城
出版